文春文庫

未《いま》だ行《ぎょう》ならず

下

空也十番勝負（五）決定版

佐伯泰英

文藝春秋

目次

「空也十番勝負」

主な登場人物

坂崎空也《さかざきくうや》
江戸神保小路にある直心影流尚武館道場の主、坂崎磐音の嫡子。父の故郷・豊後関前藩から、十六歳の夏に武者修行の旅に出る。

渋谷重兼《しぶやしげかね》
薩摩藩八代目藩主島津重豪《しまづしげひで》の元御側御用。

渋谷眉月《しぶやまゆつき》
重兼の孫娘。江戸の薩摩藩邸で育つ。

宍野六之丞《ししのろくのじょう》
重兼の近習。

薬丸新蔵《やくまるしんぞう》
薩摩藩領内加治木の薬丸道場から、武名を挙げようと江戸へ向かった野太刀流の若き剣術家。

高木麻衣《たかぎまい》
長崎会所の密偵。

鵜飼寅吉《うかいとらきち》
長崎奉行所の密偵。

坂崎磐音《さかざきいわね》
空也の父。故郷を捨てざるを得ない運命に翻弄され、江戸で浪人となるが、剣術の師で尚武館道場の主だった佐々木玲圓《ささきれいえん》の養子となる。

おこん　空也の母。下町育ちだが、両替商・今津屋での奉公を経て磐音の妻となる。

睦月《むつき》　空也の妹。

霧子《きりこ》　姥捨の郷で育った元雑賀衆の女忍。夫は尚武館道場の師範代格である重富利次郎《しげとみとしじろう》。

奈緒《なお》　磐音の元許婚。吉原で花魁《おいらん》・白鶴《はっかく》となり、山形の紅花商人に落籍される。死別後、江戸で「最上紅前田屋」を開く。関前で紅花栽培も行う。

小田《おだ》平助《へいすけ》　尚武館道場の客分。槍折れの達人。

中川《なかがわ》英次郎《えいじろう》　尚武館道場の門弟。勘定奉行中川飛騨守忠英《ただてる》の次男。

品川《しながわ》柳次郎《りゅうじろう》　尚武館道場に出入りする磐音の友人。母は幾代。

竹村《たけむら》武左衛門《ぶざえもん》　尚武館道場に出入りする磐音の友人。陸奥《むつ》磐城平《いわきたいら》藩下屋敷の門番。

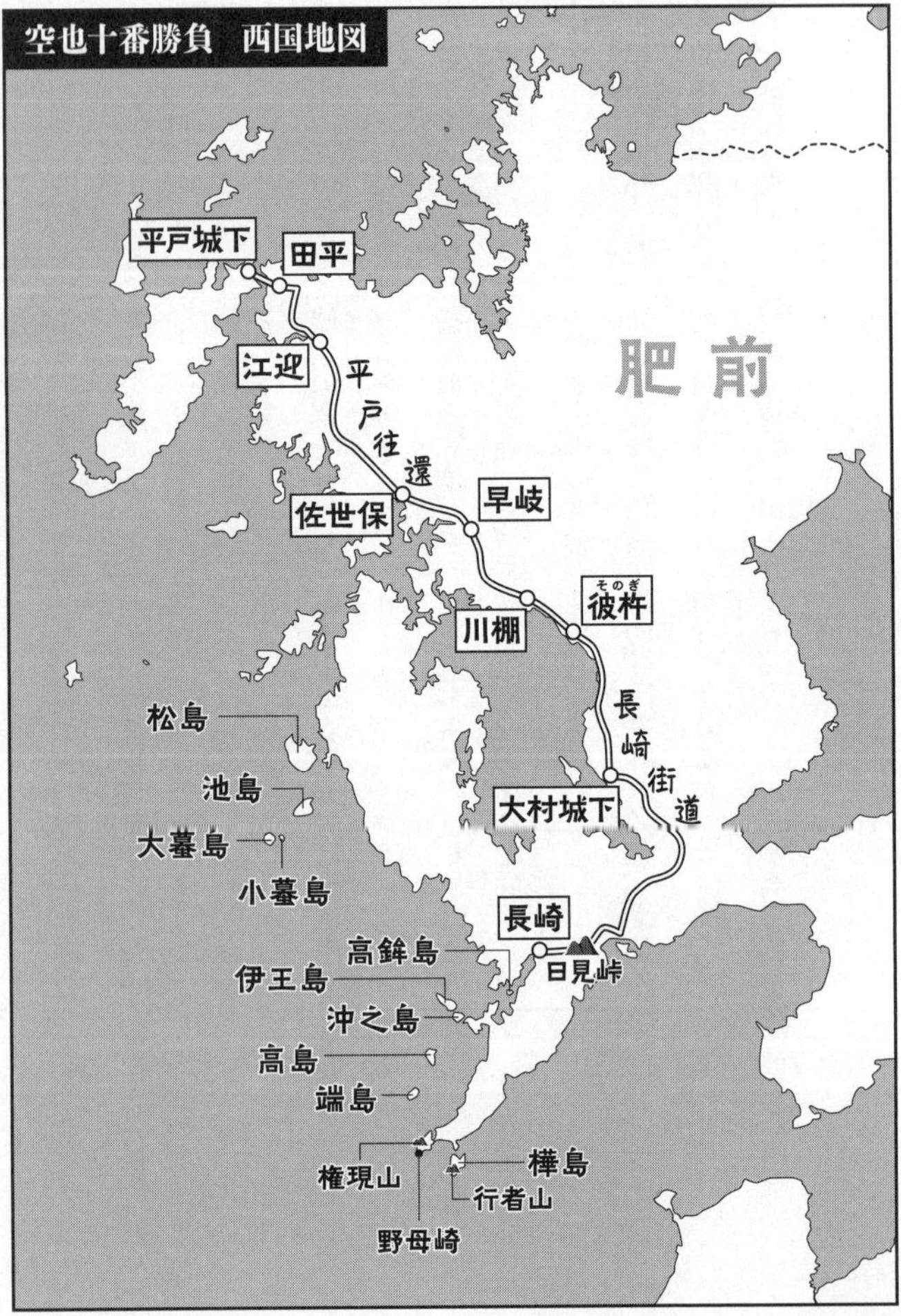
空也十番勝負　西国地図
肥前
平戸城下
田平
江迎
平戸往還
佐世保
早岐
彼杵《そのぎ》
川棚
長崎街道
大村城下
長崎
日見峠
松島
池島
大蟇島
小蟇島
高鉾島
伊王島
沖之島
高島
端島
権現山
野母崎
樺島
行者山

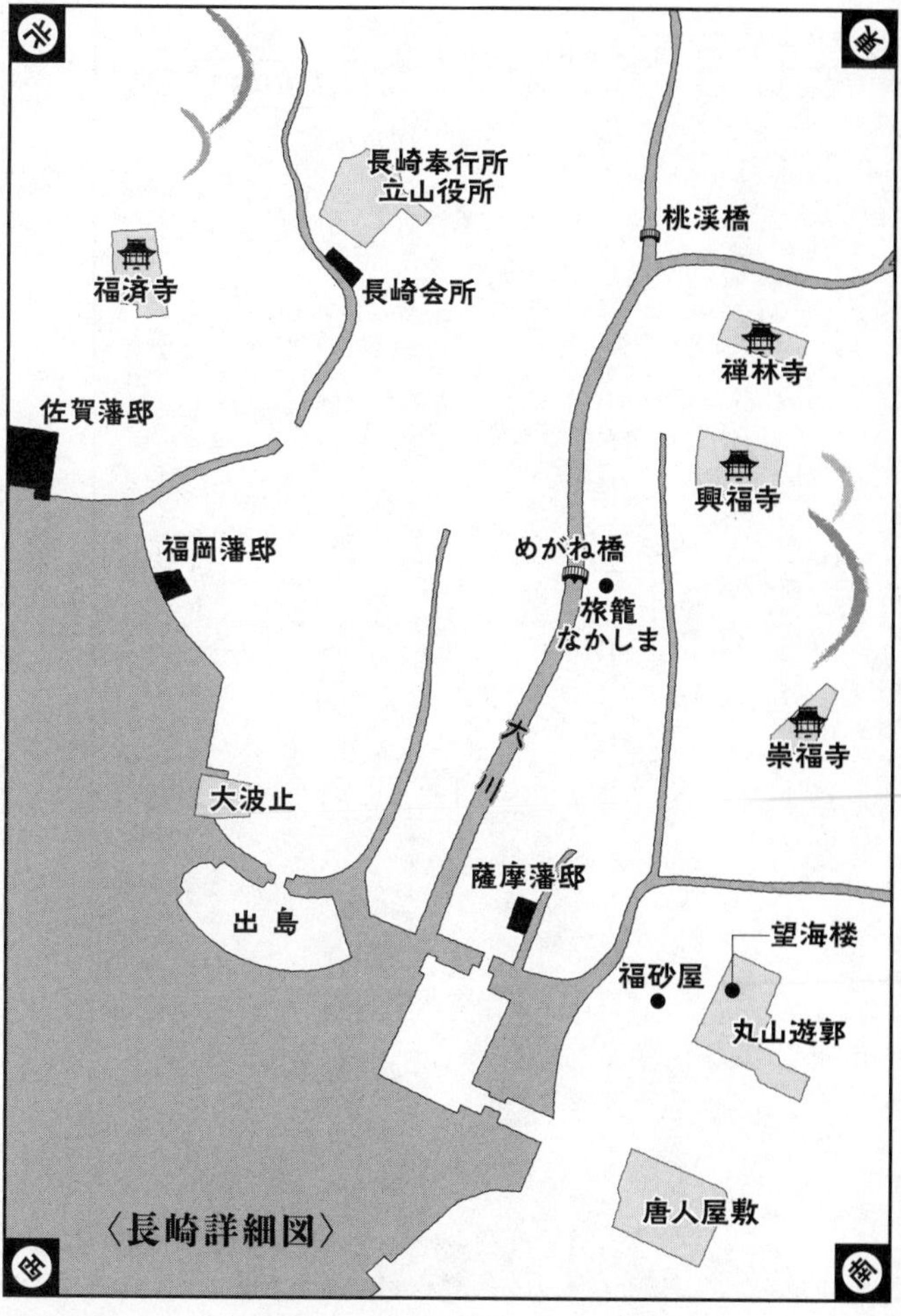
北
東
西
南
長崎奉行所
立山役所
桃渓橋
福済寺
長崎会所
禅林寺
佐賀藩邸
興福寺
福岡藩邸
めがね橋
旅籠
なかしま
大川
崇福寺
大波止
薩摩藩邸
出島
望海楼
福砂屋
丸山遊郭
唐人屋敷
〈長崎詳細図〉

東叡山
寛永寺
新吉原
山谷堀
尚武館小梅村道場
向島
竹屋ノ渡し
待乳山
聖天社
浅草
忍ケ岡
上野
下谷車坂町
今戸橋
三囲稲荷
不忍池
浅草寺
花川戸町
田原町
小梅村
常泉寺
下谷広小路
新寺町通り
新堀川
源森川
安藤家
下屋敷
浅草広小路
吾妻橋
業平橋
御厩河岸ノ渡し
品川家
十間川
首尾の松
北割下水
吉岡町
本所
法恩寺橋
今津屋
和泉橋
天神橋
新シ橋
石原橋
筋違橋御門
柳原土手
浅草御門
南割下水
両国橋
入江町
横川
小伝馬町
回向院
竪川
薬研堀
松井橋
浮世小路
鰻処宮戸川
大川
六間堀
一石橋
魚河岸
猿子橋
新高橋
鎧河岸
日本橋川
新大橋
小名木川
呉服町
日本橋
万年橋
霊巌寺
鎧ノ渡し
深川
永久橋
砂村新田
金兵衛長屋
亀島橋
佐賀町
楓川
霊岸島
八丁堀
永代橋
仙台堀
永代寺
鉄砲洲
富岡八幡宮
佃島
越中島
堺橋

空也十番勝負　江戸地図

護国寺
中山道
日光御成街道
小石川
伝通院
本郷
下谷茅町
牛込
石切橋
豊後関前藩上屋敷
神田明神
水道橋
神田川
牛込御門
稲荷小路
表猿楽町
尚武館道場
駿河台
昌平橋
田安御門
市谷八幡宮
九段坂
神保小路
俎橋
雉子橋
市谷御門
一橋御門
千鳥ヶ淵
鎌倉河岸
善国寺谷通
麴町
四谷
江戸城
本丸
神田橋
四谷御門
大手御門
半蔵御門
西の丸
道灌堀
紀尾井坂
平川天満宮
和田倉御門
赤坂御門
馬場先御門
鍛冶橋御門
南町奉行所
京橋
数寄屋橋御門
溜池
清水谷
三原橋
木挽橋
氷川明神
幸橋御門
原宿
薬丸道場
愛宕権現
芝口橋
木挽町

未だ行ならず（下）

空也十番勝負（五）決定版

第一章　エリザ号入津

一

慶長《けいちょう》三年（一五九八）六月二十七日、阿蘭陀《オランダ》のロッテルダム港を五隻《せき》の帆船《はんせん》が出航した。およそ二年後の慶長五年（一六〇〇）四月十九日に豊後《ぶんご》国佐志生《さしう》に、幾たびもの波風に傷《いた》めつけられた一隻の帆船が漂着した。阿蘭陀を出た五隻のうち、このリーフデ号だけが和国に辿《たど》り着いたのだ。当初百十人だった乗組員のうちわずか二十四人だけが生き残り、長い航海の苦闘を想起させた。この二十四人のなかにイギリス人のウィリアム・アダムズ、のちの三浦按針《みうらあんじん》がいた。

和国と阿蘭陀との交流の始まりであった。

このときから百九十八年後の寛政《かんせい》十年（一七九八）の夏、坂崎空也《さかざきくうや》は、長崎《ながさき》奉行所や出島《でじま》の対岸、内海を挟《はさ》んだ稲佐嶽《いなさがだけ》から長崎の町並みを眺めていた。

この稲佐嶽、

〈鎮の西にありて一江水を隔てたり。奇峻雄秀《きしゅんゆうしゅう》にして北苗神根山《なえがみねやま》に連なり、南飽《あく》の浦に臨めり。むかし武人稲佐氏ありて、この山のもとに居れり。其遺址《いし》なお存せり〉

と、『長崎名勝図絵《ながさきめいしょうずえ》』はその名の由来を紹介する。

夏の光が長崎の町並みと内海に降っていた。

その内海を囲むあちらこちらでハタが揚げられていた。ハタとは他国で言う凧《たこ》のことだ。だが、ハタの語源は旗《はた》であり、凧の由来は蛸《たこ》であって意味を異にした。

長崎では三月終わり頃からハタが空に舞う風景が見られるようになる。四月に入ると三日は風頭山《かざがしらやま》、十日は金比羅山《こんぴらさん》、十五日はふたたび風頭山、二十一日は古城跡、二十五日は合戦場《かっせんば》、二十八日は準提観音《じゅんていかんのん》というように長崎を取り巻く山々にハタが空を舞い、ハタ揚げ人と見物人が集《つど》った。

この日、大小無数のハタが揚がるにはわけがあった。

空也を稲佐嶽に誘《いざな》ったのは高木麻衣《たかぎまい》だ。

「どうね、ハタ揚げを見に行かない」

福岡《ふくおか》藩黒田《くろだ》屋敷の剣道場でいつものように空也は稽古《けいこ》をしていた。もはや空也は黒田家の御番衆《ごばんしゅう》に門弟として受け入れられ、これまでになかった濃密な稽古を繰り返し、長崎の日々が穏やかに過ぎていった。

そんなある日、空也が稽古を終えて井戸端で汗を拭《ぬぐ》い、単衣《ひとえ》に袴《はかま》を付けた姿に大小を差して黒田屋敷を出ると、門前に麻衣が立っていてハタ揚げ見物に誘ったのだ。

「本日、格別なハタ揚げがあるのですか」

長崎のハタの糸は絢麻《よま》と言い、絢麻にはビードロを砕いたものを糊《のり》に混ぜて塗ってあった。この絢麻を他のハタの絢麻と絡《から》み合わせて喧嘩《けんか》をするのだ。いわゆる他国でいう喧嘩凧だ。

「まあそうね、本日は喧嘩ハタじゃないの、祝いハタね。行けば分かるわ」

空也は麻衣に従うことにした。

麻衣は大波止《おおはと》へとそぞろ歩きしながら、

「大坂中也《おおさかちゅうや》さんには、だれかさんから文《ふみ》がよう届くげな」

とわざと土地の訛《なま》りでからかうように空也に言った。

空也は麻衣の顔を見た。

「長崎では隠し事はできないの」

「会所《かいしょ》の女密偵どのに隠し事ができないのではありませんか」

「まあ、そうとも言えるわね」

悪気はないという顔を麻衣はした。

「ちょっとした経緯《いきさつ》で知っているの。薩摩《さつま》藩菱刈郡《ひしかりごおり》の麓館《ふもとやかた》の殿様とお孫様は坂崎空也の命の恩人だものね」

「なんでも承知ですね。いかにもさようです」

「気を悪くしないで。薩摩と坂崎空也の関わりには姉代わりの私としては敏感にならざるを得ないの」

「薩摩はそれがしが長崎にいることを知ったと言われますか」

「少し前にね」

新長崎丸《しんながさきまる》で空也とイスパニア人剣客ホルヘ・マセード・デ・カルバリョ卿《きょう》が勝負におよび、空也が薩摩剣法でカルバリョ卿に勝ちを得た話を長崎の薩摩屋敷の密偵が摑《つか》んだようだと麻衣は空也に言った。

「あの戦いは外海の船上での戦いです」

「いかにもさようたい。そんでも、この長崎じゃたい、噂《うわさ》が陸《おか》に伝わるのは避けられんと」

と言った。

麻衣は空也相手に長崎の言葉を時折り混ぜて話した。密偵のわざの一つか、真実を述べる折りなどにそういう口調になることを空也はすでに承知していた。

「それがしのことが長崎に厄介《やっかい》を及ぼすと思われますか」

「それはないわね。なにしろ長崎は幕府直轄地だから。それに大坂中也は長崎奉行松平石見守《まつだいらいわみのかみ》様の家臣だもの」

「というより長崎会所が支配する格別な町ですからね」

空也の言葉に麻衣が笑った。

「五月になって薩摩藩の長崎聞役《ききやく》夏詰《なつづめ》の西郷《さいごう》次右衛門《じえもん》様が長崎入りされたの。近々中也さんに面会したいそうよ」

「どのような用事か分かりませんが、お目にかかります」

「私がお膳立《ぜんだ》てするわ」

と麻衣が言ったとき、ふたりは大波止に辿り着いていた。そこには一艘《そう》の小さな帆船がふたりを待ち受けていた。

長崎会所の帆船であることを空也はすでに承知していた。

帆船が一枚帆を張って対岸へ向かい始めた。

「高すっぽさんはくさ、稲佐嶽に登るのは初めてやろね」

海に出たとき、麻衣が尋ねて、対岸の山を指さした。

「あちらに渡ったことはありません」

「稲佐嶽の上からのハタ揚げ見物は格別よ」

「麻衣さんはなんでも承知の案内人ですからね」

「姉様に皮肉は言わんでよかろうもん」

内海の潮風に吹かれながら、麻衣と空也を乗せた帆船は唐船が停泊する間を縫《ぬ》って対岸の船着場に着いた。そこからふたりは黙々と山道を登り、稲佐嶽の頂きに辿り着いた。長崎の全景を眺める山の高さはおよそ千百尺（三百三十三メートル）あった。

額に浮かんだ汗を手拭《てぬぐ》いで拭《ふ》きながら、ふと振り返った空也が、長崎の町と内海を見て、

「おお、絶景ですね」

と思わず感嘆の声を上げていた。

長崎に来て三月《みつき》になろうとしていたが、対岸の山から長崎の全容に接したのは

初めてだった。そして、いつの間にか長崎の内海を囲むように無数のハタが揚がっていた。内海から吹き上げてくる風がなんとも気持ちよかった。

空也は出島に視線をやった。

三月六日夜の出島からの出火では、西側建物の商館長屋敷、商館員の住まい、土蔵などが焼失した。折りしも商館長のヘンメイは江戸参府の道中で、出島の火事の始末は留守役のポシェット商務員補が行うことになった。ポシェットは長崎奉行所に早急な建物再建を願ったが、悪いことは重なるもので、ヘンメイ商館長は江戸からの帰路、東海道掛川宿《とうかいどうかけがわ》で死去してしまう。

そんな難儀が重なり、阿蘭陀側の強い要望もあって再建が許され、空也たちが眺めている出島は長崎会所が中心になって修復普請《ふしん》が行われていた。

「この次は、どなた様かを案内して来ることね」

と麻衣は言い、語を継いだ。

「長崎に坂崎空也さんを薩摩人が訪ねて来るとはね。あなたの薩摩での修行暮らしが眼に浮かぶわ」

「渋谷《しぶや》眉月《まゆつき》様は薩摩の麓館に住んでおられますが、江戸生まれの娘御です。このたび、祖父の渋谷重兼《しげかね》様のもとを離れて江戸へ戻る途次、長崎に立ち寄られるそうです」

空也は麻衣がすでに承知しているらしい眉月の名を出すと、麻衣は頷《うなず》いた。

眉月から長崎奉行所の大坂中也宛てに文《ふみ》が届き、

「江戸へ戻ることに決めました。その途中長崎に立ち寄りたく思います」

とあった。

ゆえに空也も眉月の長崎来訪を心待ちにしていた。麻衣の顔には空也が説明したことなどとっくに承知していると書いてあった。

「高すっぽさんも一緒に江戸へ戻りたいのではないの」

「正直申せば、江戸の両親のもとへ戻りたいです」

空也は正直に胸のうちを吐露《とろ》した。

「まだ武者修行を続けるつもりなのね」

麻衣の問いにしばし空也は沈思《ちんし》して頷き、言った。

「それがしの修行、未《いま》だならずです」

「余計なことを言ってよかかね」

「麻衣さんはそれがしの姉様、どのような言葉もお聞きします」

「高すっぽさん、武芸修行に果てはないわ。そう思わない。生涯続けていかなければならないから修行ではないのかしら。どのように偉い坊様も死ぬ間際まで達観することはないと聞くわ」

「はい」

　空也が頷いた。

「無益な言葉を弄《ろう》したようね」

　空也は首を振り、

「分からないのです」

「なにが分からないの」

「生涯修行ということは覚悟しています。しかし、今なすべきことがそれがしの前に立ち塞《ふさ》がっているのです。この壁を乗り越えねば先に進めません。それゆえ、江戸へは戻れません」

「眉月様の長崎来訪がきっかけになるかもしれないわ。そのことを高すっぽさんに言いたかったの」

　と麻衣が言い、空也が頷いた。

　長崎の内海の入口に横たわる伊王島《いおうじま》を稲佐嶽から眺めると、阿蘭陀国旗が翻《ひるがえ》っていた。そして、防御線の西泊番所《にしどまりばんしょ》から空砲が響き、空也の眼にいきなり大きな異国船が飛び込んできた。

黒い船体には三檣《さんしょう》の帆柱が天を突き、横帆が十八枚、緩《ゆる》やかな風を孕《はら》んで内海の奥へと進んできた。その周りを無数の和船が取り巻き、異国船の入津《にゅうしん》を歓迎していた。だが、阿蘭陀船と思《おぼ》しき帆船がいったん西泊番所前で停船し、縮帆作業が始まった。

「あそこで阿蘭陀の交易船の証《あかし》、旗合わせが奉行所役人の手で行われると」

と麻衣が言った。

空也と麻衣が見守る中で、素早く帆が閉じられ、旗合わせが無事に終わった阿蘭陀帆船に曳《ひ》き船二艘が綱をつけて帆船を曳き始めた。ここから出島沖まで二十丁(二千百八十一メートル)ほどあった。

「阿蘭陀商館の交易船が今年初めて姿を見せたのよ。これで長崎が活気づくわね」

「過日の海賊船よりも一段と大きいですね」

麻衣は袖《そで》から異国製の遠眼鏡《とおめがね》を出し、

「船長二十八間、主檣《しゅしょう》の高さは三十間、船名はエリザ号よ。去年も同じエリザ号が長崎に来たの。とにかく今年長崎に初めて入津する阿蘭陀帆船よ」

麻衣は言って空也に遠眼鏡を渡した。

遠眼鏡は、見張り楼から横桁にするすると上がっていく異人の水夫《かこ》たちの動きを映し出した。

「あの帆船に何人の阿蘭陀人が乗っているのですか」

空也が遠眼鏡を覗《のぞ》きながら訊いた。

「交易船だから百数十人かな」

「阿蘭陀なる国は和国から遠いと聞きましたが、かの地から長崎に来たのですか」

「いえ、阿蘭陀商館本店のあるジャガタラからよ」

「長崎からジャガタラまでどれほどの距離ですか」

「海路だと三千里ほどかしら」

「三千里ですか。途方もなく遠いところから来たものだ」

空也が見ている最中《さなか》にも曳き船に曳かれながらゆっくりとした船足で眼下の内海、出島沖に到着しようとしていた。

「きれいな帆船ですね」

「舳先《へさき》を見てごらんなさい。南蛮船《なんばんせん》や阿蘭陀帆船は、舳先に船首像という飾りをつけているでしょ。見える」

「異人の女ですか。木像が見えます」

「異人たちは海を女に譬《たと》えて崇《あが》めるの。女神像がエリザ号の船首飾りというわけよ。長い船旅を無事に乗り切れるように、女神像がエリザ号を守っているの」

長崎会所の船二艘に曳かれた帆船エリザ号が出島沖で停船した。すると三本の帆柱に色とりどりの旗がはためいて夏の青空に鮮やかに映えた。

「麻衣さん、今年は何隻の阿蘭陀船が長崎に入津してくるのですか」

「このエリザ号一隻だけよ」

「えっ、たった一隻だけが、交易のためにはるばる遠くから危険を冒して長崎にやってくるのですか」

「唐船は九隻が公《おおやけ》に許されているわ。だけど、阿蘭陀船はこのエリザ号一隻だけよ」

同じ言葉を繰り返した。

「公と麻衣さんは言われましたか」

「幕府は寛政十年の長崎での交易帆船を、阿蘭陀船一隻、唐船九隻と制限した。だけど、長崎会所も阿蘭陀も唐人《とうじん》もそれでは満足していない」

「抜け荷船がこの公のエリザ号のほかにいるわけですか」

「長崎会所や長崎奉行所のだれに訊いても、最前の数を答えるしかないの。だけど、何事も表があれば裏もあるということよ」

麻衣が答えた。

「長崎会所の商いは奥が深いですね」

「高すっぽさん、あの船は阿蘭陀の国旗を掲げているけど、乗り組んでいるのは阿蘭陀人ばかりではないの」

「ラインハルト神父も阿蘭陀人ではなかったですね」

「そう、出島の商館にいる異人すべてが阿蘭陀人とは限らないのよ。イスパニア人、フランス人、プロシャ人、ありとあらゆる人種が阿蘭陀人として出島で暮らしているの」

「長崎奉行所はそのことを」

「承知よ。そして、江戸のお偉方もそのことは黙認しておられる。それが異国と付き合うコツよ。でも、その融通くらいでは、長崎だけでは対応できなくなっている。いろいろな国の船が長崎に来て、開国せよと迫っているわ。幕府は、なんの策も手立ても講じることなく、長崎に対応させせている。口先だけで追い返すやり方ではもはや通じないわ」

改めて遠眼鏡を覗いて停船した帆船を見た。なんとも大きな帆船だった。

空也は、長崎に来て大きな衝撃を受けていた。

異国の帆船は、和国の千石船の何倍も大きく、外海での航海もできた。だが、和国の千石船は夜になれば風待湊《かぜまちみなと》に入り、帆を下ろさねばならなかった。その間に異国の帆船は、五十里や百里先を帆走しているだろう。一事が万事、徳川《とくがわ》幕府は、異国の列強国に大きな後《おく》れをとっていた。そんな最中、剣術修行を続ける意味はあるのか。空也はそんな迷いを長崎に来て初めて覚えた。

(どうすればよいのか)

空也が考えていると、

「今宵《こよい》はエリザ号の歓迎の儀式と宴《うたげ》が催《もよお》されるわ。あの船の上層甲板《かんぱん》でね。大坂中也さんも長崎奉行松平石見守貴強《たかます》様の家来として当然招かれるわね」

と麻衣が空也に言った。

「それがしが異人の宴に招かれるというのですか」

「そう」

「麻衣さんはどうなされますか」

「会所の町年寄《まちどしより》の付き添いで出ることになるわ」

町年寄は麻衣の叔父だ。

「いささか安心しました」

「高すっぽさんはこれまでもラインハルト、カルバリョ卿と、異国で有名な武人と戦ってきたサムライよ。きっとエリザ号の連中も高すっぽさんに関心を示し、歓迎するわ」

「それがしのことを、あの帆船の異人たちが承知なのですか」

「情報が伝わるのは異人のほうが早いわ」

「歓迎すると言われますが、どのようなことです」

「さあて、相手様次第ね。さあ、船着場に下りるわよ」

と麻衣が空也に言った。

半刻《はんとき》（一時間）後、麻衣と空也を乗せた帆船の船頭は、錨《いかり》を下ろしたエリザ号の間近に漕《こ》ぎ寄せていった。

エリザ号の周りには様々な小舟や短艇が集まり、長い航海をしてきた乗組員たちを歓迎するように手を振ったり、花を甲板に投げ上げたりしていた。

乗り組みの異人の中には、猿《ましら》を抱えた小人や色鮮やかな鳥を肩に乗せた老水夫もいた。だれもが上陸することを強く願っている表情を見せていた。長い航海をしてきたのだから、当然だと思った。だが空也は、異人が上陸を許されないことも承知していた。

「麻衣さん、この船は交易船ですよね。大海原《おおうなばら》で海賊船に襲われたりしないのですか」

「高すっぽさん、このエリザ号一隻に何十万両もの価値のある品が積み込んであるのよ。当然、海賊船対策は考えてある。あの黒い船体には下層甲板に横一列の小さな扉があるのが見えるわよね」

と言いながら麻衣は閉じられた小さな扉を数え、

「左舷《さげん》に十五の扉があるということは、十五の砲門を備えていて、エリザ号全体でおよそ三十門の大砲を備えているということよ。海賊船に襲われたときは、乗り組みの水夫たちが砲撃手や戦士に早変わりして応戦するの。高すっぽさんも会所のオランダ号と海賊船の砲撃戦を経験したじゃない。だけどあの程度のものではないわ。阿蘭陀商館の交易商船となると、荷を守るための火力はなかなかのものね」

「一隻の船に三十門もの大筒《おおづつ》を備えているのですか」

「見たことはないけど、戦闘艦となると百門の大砲を備えた上に、何百人もの戦士を乗せているそうよ」

エリザ号すらこの大きさだ。異国列強の国力は、どれほどのものかと空也は考えたが、想像もつかなかった。

「高すっぽさん、なにを考えているか当ててみましょうか」

「異人の帆船を前にしているのです」

「剣術修行が役に立つのかと、疑いを抱いたのではないのかしら」

「はい」

空也は正直に答えた。

「答えを出すのは今ではないわ。異人の考えを知ったあとでも遅くはない。刀や木刀を振り回すだけが武者修行ではないはずよ。多くの人に会い、いろいろなことを見聞したうえで坂崎空也の進むべき道を決めても遅くはないと思うわ」

麻衣の言葉に空也は大きく頷いた。

二

江戸の三十間堀《さんじつけんぼり》三原橋《みはらばし》近くの野太刀《のだち》流薬丸《やくまる》道場には入門志願者が次から次へと訪れ、東国剣法では珍しい裸足《はだし》での土間稽古を見学した。まさに千客万来の人気ぶりだ。

道場主薬丸新蔵《しんぞう》は今年初めに長左衛門《ちょうざえもん》兼武《かねたけ》に改名していた。その道場主が願ったわけではないが、道場の番頭を自認する竹村武左衛門《たけむらぶざえもん》が日参してきて、新入り門弟や見学者にあれこれと説明していた。

「よいか、どのような剣術も基《もとい》が大切でな、足腰をしっかりと鍛えることが大事なのじゃ。とくに薩摩剣法野太刀流は、足腰を鍛えねば激しい動きは続けられぬ。よいな、野太刀流の基は、『朝に三千、夕べに八千』にも及ぶ精魂込めた続け打ちに真骨頂がござる。地道に倦《う》まず弛《たゆ》まず続け打ちをなされ。さすれば十年後には、野太刀流の立派な剣術家に育とう」

などと訓戒《くんかい》のごとき受け売りを垂れていた。

かような言葉は新蔵から聞いたわけではないが、小梅村《こうめむら》道場に新蔵がいたときに田丸輝信たちが新入蔵に尋ねた言の葉を聞き齧って、己の考えのように述べているのだ。すると新入り門弟のひとりが稽古着姿の武左衛門を見て、

「師範代、そなたも毎日『朝に三千、夕べに八千』もの稽古をしておられるか」

と、師範代どころか真《まこと》の弟子でもあるまいと疑って尋ねた。

「わしか、歳《とし》には勝てぬというやつでな、口先で案内方《あないがた》を務めておる。実際の稽古は道場主薬丸どのの動きを見倣《みなら》いなされ」

そう武左衛門が答えたとき、道場の玄関に入門志願者か、あるいは稽古の見学を望む者か、新たに三人が立った。

武左衛門は応対に出た。

「そなたら、見学をお望みの者かな」

ひとりは夏羽織の壮年の武家で、ふたりは若い武士だった。

武左衛門は、形《なり》と険しい顔付きからして直参旗本《じきさんはたもと》ではなく勤番者《きんばんもの》かと推測した。

「見学ならば、いささか混み合っておるゆえ、道場の隅から見ていただこう」

武左衛門の言を一顧だにせず、三人は履物のまま道場に入った。

「これこれ、いささか無作法ではないか」

武左衛門が注意するのに対して、若い侍がじろりと睨《にら》んだ。

「おい、それはあるまい。どこの道場にも仕来《しきた》りというものがござる。わしの言葉を聞いて礼儀に則《のっと》った行動を願おう」

武左衛門が意気込んだ。

若侍がぼそりとなにか吐き捨てた。その耳慣れない言葉に武左衛門は一瞬呆気《あっけ》にとられたが、ふと思い当たったか、

「ま、まさか薩摩の者ではあるまいな」

と尋ねた。

そのとき、武左衛門は三人の刀の柄《つか》が異様に長いことに気付いた。

「やはり薩摩藩の関わりか」

武左衛門の驚きの声を聞いた薬丸新蔵が歩み寄ると、三人の訪問者を見た。睨み合った新蔵と三人に、

(厄介が起こりそうな)

そう思った武左衛門も、

「門弟衆ご一統、稽古はやめて道場の端に下がりなされ」

と声をかけた。だが、武左衛門が声をかける前に門弟衆の一部は、

「険しい睨み合い」

に気付き、道場の端へと下がっていた。

不意に薬丸道場に静寂が訪れた。

新蔵も訪問者も一言も発しない。

武左衛門は、

「薬丸先生」

と思わず声をかけた。

すると夏羽織の武家が、武左衛門に対して短く叱咤《しった》した。武左衛門は首を竦《すく》めて、

「さようなことをすると厄介に巻き込まれるぞ」

との品川柳次郎《しながわりゅうじろう》の言葉を思い出していた。

武左衛門は薬丸道場に日参していると聞いた柳次郎に、

「旦那《だんな》、余計な節介はせぬことじゃ。薬丸新蔵どのと薩摩の御家流儀東郷示現流《おいえりゅうぎとうごうじげん》とは諍《いさか》いの真っ最中。事情を知らぬ旦那が番頭のように振る舞っておると、そなた自身も大怪我《おおけが》をすることになるぞ」

と注意を受けていた。

だが、武左衛門は、

「新蔵どんは慣れぬ江戸で道場を開いたのだぞ、だれの手も借りずにな。柳次郎、そのほうは情を知らぬな。道場に玄関番のひとりもおらぬのだぞ。わしはそれを手伝うておるのだ」

と柳次郎の忠言を聞き流していた。

壮年の武家が新蔵に薩摩言葉で何事か命じた。

その言葉を聞いたあと、新蔵は沈黙したまま相手方を睨んでいたが、

「断わり申そ」

とはっきり拒絶した。それに対して若い侍ふたりがいきり立ち、薩摩拵《ごしら》えの刀の柄に手をかけた。

道場に驚きが走った。

新蔵は、己と同じ年配のふたりをじろりと睨んだ。その眼差《まなざ》しの険しさは、東郷示現流の稽古そのものの、相手を撲殺《ぼくさつ》するほどの殺気が込められていた。

夏羽織の武家が手で両人を制し、新蔵に向き直った。

「薬丸新蔵、一月《ひとつき》の猶予を与える。道場を閉じよ。江戸において薩摩剣法もどきの剣術を教えることを禁ずる。相分かったな」

その場の全員に意図が伝わるように言った。

「おいはだいからも指図は受けんと。こん道場を潰そごちゃれば、こん次は死ぬ覚悟で来ない」

　薬丸新蔵が発したのは相手の命《めい》への返答であった。

　夏羽織が一瞬瞑目《めいもく》して頷く。

「あとで泣きを見ることになるがよかか」

「覚悟の上じゃっ」

　しばし間を置いた夏羽織が、

「新蔵、近々酒匂兵衛入道《さこうひょうえにゅうどう》どのの次男、酒匂次郎兵衛《じろうひょうえ》どのが江戸に出て参られる。それまでにこの道場を閉じよ」

　と言い残すと、名も告げず三人の薩摩藩士は薬丸道場から立ち去った。

　道場にざわめいた空気が流れた。

　新蔵が押しかけ玄関番の武左衛門に、

「タテギば用意しない」

　と命じた。

「畏《かしこ》まって候《そうろう》」

　と返事をした武左衛門が、若い門弟衆の手を借りて道場の一角にタテギを置いた。

初めて野太刀流を見学に来た者もすでに門弟になっている者も、なにが始まるのかと興味津々に見ていた。

新蔵がタテギ相手に弟子や見学者の前で続け打ちを披露《ひろう》したことはない。ゆえに大半の者が黙したまま武左衛門らの行動を見ていた。

タテギが設けられたのは質素な神棚のある見所《けんぞ》から三間半ほどのところだ。大人の腕ほどもありそうな乾いた木が束になって、一尺五寸の高さに横たえられていた。

新蔵は柞《ゆす》の木刀《ぼっと》を握ると見所を背に立った。

新蔵が怒りを鎮めるために「掛《か》かり」を行おうとしていることに武左衛門は気付いた。小梅村道場の野天道場で新蔵が時に独り稽古をしていたのを見て、この奇妙な稽古を武左衛門は承知していた。

新蔵は柞の木刀を手にしたまま、瞑目して気を鎮めた。次に両眼を見開いたとき、新蔵の表情は一変していた。

「はっ」

と小さな声を発した新蔵が柞の木刀を蜻蛉《とんぼ》に構えた。

その瞬間、思わず見物の者から嘆声が洩《も》れた。

なんとも美しい構えだった。ただの棒きれと思しき杵が、
すっ
と右肩に立てられ腰が沈んだ姿は、一芸を会得した者が醸《かも》し出す見事な、

「かたち」

であった。

「ウッ」

という声を洩らした新蔵が腰を沈めたままに運歩《うんぽ》を始めた。膝《ひざ》の柔らかさから生み出される動きは、見る人が見れば、何年にもわたって積み重ねた稽古の賜物《たまもの》だということが分かったであろう。だが、初めて見る者が大半だ。

「なんだ、これは」

と訝《いぶか》しく思っていた。

まるで猫足の動きのような走りのあと、動きを止めることなく杵の棒きれが夕テギに振り下ろされた。走りの力が第一撃の木刀に加わっていた。

どすん
と腹に響く音がして見学者の肝《きも》を冷やした。

横たえられたタテギの束が大きく揺れた。

だが、驚くには早かった。続けざまに一気に木刀が振り下ろされ、ゆさゆさと揺れるタテギに向かって新蔵が罵《のの》り声と思《おぼ》しき薩摩弁を吐きながら木刀を振り下ろした。

ボキッ

と鈍い音がしてタテギがへし折られていた。

薬丸道場は不意に重い静寂に支配された。

「こいが薬丸長左衛門兼武の野太刀流じゃっど」

新蔵が門弟と見物人の一統に宣告した。

この日の昼下がり、武左衛門は神保小路《じんぼうこうじ》の尚武館《しょうぶかん》道場を訪ねた。すると最近めきめき腕を上げていると評判の中川英次郎《なかがわえいじろう》が、

「おや、武左衛門様、磐音《いわね》先生に御用ですか」

「留守かな」

「いえ、母屋《おもや》におられます。案内いたしましょうか」

「英次郎さん、わしはわざわざ案内してもらうほどの人間ではない。それに母屋

に行くのに迷うこともないでな」

　と珍しく謙遜《けんそん》の言葉を吐いた武左衛門に英次郎が、

「武左衛門様はこのところ薬丸道場に日参しておられるそうですね」

「おお、こちらの尚武館と違い、あちらは玄関番ひとりおらぬでな。わしが押しかけ玄関番をしておる」

「そのせいか入門する門弟があとを絶たぬと聞きました」

「よいこともあれば、悪いこともあるわ」

　そのように言い残した武左衛門が尚武館から庭を横切って母屋に向かった。

　すると坂崎磐音は夏の陽射《ひざ》しが射す縁側で文《ふみ》を認《したた》めていた。

「坂崎磐音先生、邪魔か」

「武左衛門どのにしては殊勝な言葉ですね。急ぎの文ではございませんでな」

　磐音が文を書くのを中断して片付けた。

　武左衛門がどさりと縁側に腰を下ろした。

「薬丸道場はいかがですか」

「もの珍しさも手伝うてか、見物人が毎日押しかけてくるで、玄関番も結構忙しい」

「ご苦労でございますな」

「わしは閑《ひま》ゆえな」

と言った武左衛門だが、本来の務めは、陸奥《むつ》磐城平《いわきたいら》藩安藤《あんどう》家下屋敷の住み込み中間《ちゅうげん》だ。だが、子供たちも成長して巣立ち、下屋敷の長屋には武左衛門と女房の勢津《せつ》夫婦しか住まいしていなかった。勢津はそれなりに下屋敷で頼りにされていたが、武左衛門のほうは、娘の早苗《さなえ》がいる尚武館小梅村道場に顔を出しては時を過ごすのが習わしだった。それが近頃では三十間堀の薬丸道場まで遠出していることを磐音は承知していた。

「なんぞございましたかな」

武左衛門の様子がいつもと違うことに磐音が気付いて尋ねたとき、

「武左衛門様、神保小路に御用でもありましたか」

おこんが茶菓を盆に載せて姿を見せた。

武左衛門の訪《おとな》いを、その特徴的な胴間声《どうまごえ》で分かったのだろう。おこんは武左衛門と亭主の前に煎茶《せんちゃ》と大福をそれぞれ置いた。

「おお、大福か」

早速武左衛門が手を伸ばしながら、

「おこんさん。武者修行の倅《せがれ》どのは変わりないか」

と訊いた。

「遠国に滞在しておりますゆえ、なかなか近況は届きません。どうしているのでございましょうか」

おこんが反対に武左衛門に尋ねた。

「長崎なんぞわしは知らぬでな。異人がいる所と聞くが、江戸とはだいぶ違おうな。待てよ、空也め、異人の女子《おなご》に関心を持って、修行を忘れておるのではあるまいな」

武左衛門がいい加減なことを言い、大福にかぶりついた。

「おや、近頃はお酒より甘いものに手が出ますか」

「そのことよ。勢津などうちの女どもがうるさく言うせいでな、酒を飲む機会が減ったのだ。するとなんとのう、甘いものに手が出てな」

磐音が自分の前の大福を武左衛門へと押しやりながら、

「それがし、だいぶ昔に一度長崎を訪ねただけですが、やはり阿蘭陀人や唐人の住む湊町は、なんとのう異国情緒が漂《ただよ》うておりました」

と話をもとに戻した。すると武左衛門が、

「そのような町で武者修行ができるものかのう。異人の女子に関心を寄せてもおかしゅうない。それが若い男の本性であろうが」

と応じた。

「修行は当人の気持ちと覚悟次第です。長崎は幕府の直轄地ですが、異人船到来の警護などに黒田家と鍋島《なべしま》家の御番衆が詰めておられますので、稽古相手に事欠くことはありますまい」

「そうか、空也はわしの倅と違い、堅物じゃからな」

と磐音の大福を摑んで口に持っていこうとしたが、途中でやめて皿に戻し、

「ふっ」

と吐息をついた。

「武左衛門どの、薬丸道場でなんぞございましたか」

うむ、と答えた武左衛門が、

「空也が薩摩から肥後《ひご》に出る折りに真剣勝負した相手がおったであろう。名はなんと言うたかな」

「東郷示現流の高弟、酒匂兵衛入道どのですかな」

「おお、それだ。その者の次男の酒匂次郎兵衛なる者が江戸に出てくるそうだ。

その前に薬丸道場を閉じよと命じおった」

磐音は武左衛門の顔を見て、

「そのこと、どなたが命じられましたな」

「おお、初めから話さねば分からぬな」

そう応じて、薬丸道場に現れた三人の武家の言動を告げた。

武左衛門の回りくどい話を聞いた磐音がしばし沈思すると、おこんが口を挟んだ。

「おまえ様、そのお方には三人の倅どのがおられましたね。三男は参兵衛《さんのひょうえ》様と申されましたか」

「いかにも、すでに空也は、三男の参兵衛どのと肥後八代《やつしろ》の外れで戦うておる。残るは酒匂家長男の太郎兵衛《たろうひょうえ》どのと次男の次郎兵衛どのだ」

「次郎兵衛様はなんのために江戸に出て参られるのでしょうか」

「もはや酒匂家は島津《しまづ》家から離れておる。にもかかわらず江戸藩邸の三人が薬丸新蔵どのに警告しに来た。ということは、江戸藩邸にも新蔵どのの野太刀流道場開設を快《こころよ》く思わぬ藩士がおるということではないか。また江戸で騒ぎを起こされることを案じているのか」

「いずれにしても薩摩は薬丸道場をなんとしても閉じさせようとしておる」

武左衛門が薬丸道場の閉鎖を案じた。

「江戸で強引なる手は使えますまい。先の藩主島津重豪《しげひで》様の娘御茂姫《しげひめ》様は上様の正室であられる。島津としても騒ぎは避けとうござろう」

「江戸は幕府の御膝元ゆえ、そう乱暴なこともできまいな」

「江戸藩邸は避けたいでしょうな」

「ということは当面、薬丸道場の運営に差し障《さわ》りはないか。新蔵どんはえらく怒っておったぞ」

「薩摩の江戸藩邸の意向と、上府《じょうふ》するという酒匂次郎兵衛どのの考えは、異なりましょう。となると薩摩藩邸としても、強引な手を使うことがよいことか、厄介の因《もと》か、迷われましょうな」

磐音と武左衛門が言い合った。

おこんは、長崎にいる空也の元にも、酒匂兵衛入道の長男太郎兵衛が仇討《あだう》ちに向かうのではないかと案じていた。

三

夕暮れの刻限、出島沖に停泊したエリザ号に無数のランタンが灯《とも》されて、それに呼応するように唐船も灯《あか》りを点《つ》けた。さらに阿蘭陀商館のある出島も唐人屋敷も普段とは違い、すべての灯りを点《とも》していた。そのために長崎の内海がまるで万灯《まんとう》さながらの灯りを受けて波間が煌《きら》めき、肥後人吉《ひとよし》で空也が見たおくんちの祭礼が海で催されているような光景が出現した。

空也は稲佐嶽の帰りに麻衣から、

「私と一緒に会所に立ち寄って」

と言われた。

長崎奉行松平石見守の家臣としてエリザ号の長崎無事到着を祝う宴に参列するのならば、長崎奉行に従うのが普通ではないか、と空也は思った。

「なにか会所にて仕度することがありますか」

「エリザ号は長旅をして長崎に到着したのよ。その祝いの席に招かれた和人としては装いを工夫しなければね」

と麻衣が笑みを浮かべて空也に言った。

「かような形《なり》では失礼に当たりますか」

長崎を訪れた空也に麻衣はあれこれと召し物を注文し、贈ってくれた。長崎奉行の家臣とは思えぬ夏小袖《こそで》にいささか晴れやかな羽織袴もあった。

「高すっぽさん、そう言わずに私に任せなさい。眉月様が長崎に立ち寄られるまでは、高すっぽさんの仕度は長崎会所ふうに私が考えるわ」

長崎に来て急に衣装持ちになり、薩摩を出て武者修行の一年余を着たきり雀《すずめ》だった道中着に戻れるだろうかと空也は案じた。

長崎会所ではすでに長崎会所の頭領、町年寄にして会所調役《しらべやく》の高木籐左衛門《とうざえもん》らが夏らしい涼やかな羽織袴に身を包んでいた。

この日、空也は羽織を着ることなく単衣に袴姿であったが、やはり羽織を身に着けていたほうがよいかと考えた。

麻衣が空也を連れていった部屋には、阿蘭陀人の正装と思しき衣装一式が用意されていた。

「麻衣さん、まさかそれがし、この紅毛人《こうもうじん》の衣服に身を包むのではございますまいな」

空也はいささか動揺の体《てい》で麻衣に尋ねた。

「高すっぽさん、あなたはこの長崎の中でも珍しく、異人並みに背丈があるわ。出島の阿蘭陀人がね、和人を軽んじる理由の一つに背丈の低さがあるの。『和人はまるで子供のようだ』と言うのよ。あなたならば、紅毛人の正装をしても決して見劣りしないわ」

麻衣が請《う》け合った。

「それがし、紅毛人の衣装など着たことがありません」

「大坂中也、何事をするにも最初は皆初めてなのよ。郷《ごう》に入《い》っては郷に従え、長崎流に装う経験も武者修行の一つと思いなさい」

姉を自称する麻衣が言い切り、

「しかし」

と抗《あらが》う空也を、

「姉様の言葉は素直に聞くものよ。大坂中也が長崎の異人たちの前に初お目見《めみえ》する大事な宵、野暮の骨頂の奉行所の役人と一緒の形はさせられないもの」

と麻衣が強引に退けた。

「まず飾り襟《えり》のシャツと白い靴下に隣座敷で着替えなさい。あとは私に任せるの」

　空也はもはや覚悟するしかなかった。

　麻衣がシャツと白靴下と七分丈のズボンを空也に持たせた。

　空也は、俎板《まないた》の上の鯉《こい》の気分で着ていた袴と単衣を脱ぎ、異人の飾り襟のシャツと白靴下を身に着けてみた。どれもすべすべとした絹物だった。さらに七分丈の薄緑色のズボンを穿《は》くと、空也の体にぴったりだった。

「これでどうですか」

　隣座敷にいる麻衣に声をかけると、麻衣がチョッキと裾長《すそなが》の上着に船形をした黒帽子を手に空也のいるところに来て、満足げに見ると、

「これからが仕上げよ」

　とまず紅色《べにいろ》のチョッキを差し出した。

「チョッキはね、ボタンと呼ばれる貝製の留め具をすべて留めなさい。そう、反対側に孔《あな》が空いているところに一つひとつ丁寧《ていねい》にね。ボタンが留められてないとだらしなく見えるわ」

　麻衣の言うとおりにチョッキを着てボタンをすべて留めた。なんだか空也は自分が異人に変身したかに思えた。

「妙な気分です」

「出島の見立てはさすがだわ。高すっぽさんは紅毛人の衣装を着こなすと思ったもの。よかよか」

麻衣が訝しい言葉を発した。

「とはいえ、それがしの頭には髷《まげ》がのっております」

「案じることはなかかと」

長崎の言葉が混ざり始めた麻衣は満足げに隣室のだれかに声をかけた。すると髪結いの女がいつの間にか控えていて、

「麻衣様、こん若衆、長崎者《じげもん》と違うごたる」

「長崎奉行の家来衆大坂中也さんたい」

「こげん若衆が奉行所におったな」

と言いながらも空也の髷を手早く結い直してくれた。その上で麻衣が金色の縁取り刺繍《ししゆう》の上着を、

「高すっぽさん、少し背を屈《かが》めてよ。あなたは自分が異人並みの背丈ということを忘れているわ」

「麻衣さん、それがし、背丈まで縮めるわけには参りません」

そう言いながらも腰を屈めた背後から、麻衣が片袖ずつ空也の腕に通して上着を着せた。

「さて仕上げよ。異人にとって帽子は正装の証《あかし》なの」

と言いながら空也の頭に黒い帽子を横向きに被《かぶ》らせると、

「なかなかのもんたい。一段と高すっぽさんが晴れやかになったごたる」

「麻衣さん、これでは大事なものが足りません」

「刀よね。今宵は大小差すことはなかろ。紅毛人たちが杖《つえ》を携《たずさ》えるように大刀だけを手に持っていきない」

麻衣が将軍家斉《いえなり》から拝領した備前長船派《びぜんおさふね》の修理亮盛光《しゅりのすけもりみつ》を空也に渡した。

「異人は帯をしないのですか。どうも腹回りが落ち着きません」

「紅毛人は、吊《つ》りベルトや革帯《かわおび》をする人もいるの」

言いながら空也の形を確かめていたが、

「そうね、チョッキとズボンの下に白絹の布をしっかりと巻けば、万が一の場合、刀を差すことができるわね」

といったん座敷から姿を消した麻衣が白絹の長い布を持ってきた。それを空也の胴に何重にも巻いてしっかりと背の後ろで結んだ。

「どうね」

「これでなんとなく身が引き締まった気分です」

「あとは沓《くつ》に慣れることね」

「草履《ぞうり》では駄目ですか」

「絹の白靴下が台無しよ」

麻衣は空也を長崎会所の玄関へと誘い、用意されていた異人の沓を何足か空也の足と比べて、

「これはどうかしら」

一足の沓の片方を差し出しながら、

「こっちの椅子《いす》に腰を下ろしない」

と命じた。

何足か試して、金色の錺金具《かざりかなぐ》のある黒沓が空也の足にぴたりと合った。

「よか、立ってみんね」

と命じた麻衣の言葉に従い、沓を履いて立ち上がった空也は、踵《かかと》のある分さらに背が高くなったような気がした。

「大したもんたい、出島の異人さんもびっくりしたい」

麻衣は満足げに言った。

「高すっぽさん、エリザ号で会わんね。これからうちも衣装替えたい」

「麻衣さん、それがし、奉行所にこの形で戻るのですか」

「そりゃ、そうたい。大坂中也さんは奉行の家来じゃろうもん。奉行所の門番がどげん言うやろか」

麻衣の言葉を背に、空也は修理亮盛光を手に長崎会所から長崎奉行所立山役所《たてやまやくしょ》に向かった。

沓底が石畳の道にコツコツ、鳴った。なんとも妙な履き心地だった。しかし草鞋《わらじ》や草履より堅固であろうと思った。またしっかりと紐で結ばれているので、足に馴染《なじ》めば動きやすいかもしれないと考えた。

空也の前に驚きの顔の門番ふたりが立ち塞がった。どちらも空也を承知の者だった。

「なんぞ御用ですか」

「あ、あんたは」

「松平石見守様の家臣大坂中也にござる」

しげしげと門番が空也の顔を見て、

「おお、大坂様、異人の形とはまた大胆でございますな」

「和人は異人の形をしてはなりませぬか」

「さような触れはありますまい。されど和人が異人の服を着たのを初めて見ましたと」

と言い、ようやく門内に立ち入ることを許された。すでに奉行所の玄関前にはエリザ号に招かれた役人衆が松平石見守の仕度を待っていた。

「おい、高すっぽ、いや、大坂中也どの、なんの格好か」

長崎奉行所密偵の鵜飼寅吉《うかいとらきち》がこちらも空也に驚きの言葉を投げかけた。

「寅吉様、どうですか、この紅毛人の形は」

「魂消《たまげ》たぞ。その形で阿蘭陀船に乗り込むつもりか」

「それがしの考えではございません。会所の高木麻衣さんの考えで、致し方なくかような格好になりました」

空也の周りをぐるりと見回った寅吉が、

「うーむ、そなた、背丈があるゆえ異人の形でもおかしゅうはないな」

と答えたところで、

「お奉行、お立ち」

という声がして松平石見守が姿を見せ、乗り物の脇《わき》の空也に目を留めた。だが、格別に奇異な眼差しを向けたとは思えなかった。どうやら、空也の阿蘭陀人姿を松平石見守はすでに承知していると空也は考えた。

奉行が乗り物に落ち着き、大波止に向かった。

「おい、お奉行はなぜなにも仰せにならぬ」

と寅吉が空也に問うたが、空也はさあ、と応じただけだった。

長崎奉行と長崎会所が空也に阿蘭陀人の扮装《ふんそう》をさせたことにはなんらかの意味がなければなるまいと、空也は考えをめぐらした。

だが、いくら考えても企てが思い浮かばなかった。

「おい、高すっぽ、そなたの異人姿を長崎者が見ておるぞ」

「それがし、幇間《ほうかん》か芸人になった気分です」

「いや、あの眼差しはな、紅毛人の衣装がよう似合うと褒《ほ》めている眼差しじゃな」

寅吉が勝手なことを言った。

「それにしても、高すっぽ。武者修行中のぼろ衣装より異人の煌《きら》びやかな衣服がまっこと似合うておるぞ」

寅吉が声を潜めて言った。

「いい加減なことを言わないでください」

「いや、その堂々とした態度は、遠目には異人のお偉いさんと見紛《みまご》うほどじゃ」

などと言い合ううちに、やがて乗り物は大波止に着いた。

長崎奉行所立山役所から大波止までは十丁ばかり、そう時は要さない。

乗り物が大波止に着いたとき、一行を乗せる船が待ち受けていた。

まず松平石見守が船に乗り込もうとして、

「中也、それがしのかたわらにおれ」

と命じて密偵の鵜飼寅吉から離した。

はっ、と畏まった空也は、松平家の家臣大坂中也になりきり、

「殿、足元が危のうございます。それがしの肩に手をお置きくださりませ」

と言って身を寄せた。

松平石見守は、この年五十七歳を迎えていた。

「中也、そのほう、異人並みの背丈ということを忘れたか。そのほうの肩に手を置いてみよ、かえって危ないわ」

そう言って笑いながら船に乗り込んで座に着き、

「異人の形が似合うておるな」

とこちらも寅吉と同じ言葉を吐いた。

「お奉行、それがしがかような形にさせられたのには曰《いわ》くがあるのでございましようか」

空也は尋ねてみた。

「会所の女子が思い付いたことじゃ。それがしはよう知らぬ」

そのように応じた松平石見守が続けて問うた。

「どうじゃ、異人の衣装の着心地は」

「なにやら晒《さら》し者にされた気分にございます。されど慣れれば、身にピタリと合った衣服と沓は、羽織袴より動きやすいかと思います」

と答えた空也だが、沓が今一つ履き慣れずに困っていた。

出島沖合に停泊したエリザ号の舷側《げんそく》から縄梯子《なわばしご》が下ろされ、長崎奉行以下十数人を乗せた船を待ち受けていた。松平石見守にとっても初めての阿蘭陀船の入津だ。縄梯子を上るのも初めてだった。

「これを上れと異人は言うか」

松平石見守が困惑の体で船上を見上げた。

「殿、ゆっくりとお上りくだされ。恐れながらそれがしが殿の下方に従いますので、心配無用にございます」

「頼もしい言葉よのう」

松平石見守は空也の言葉を素直に受けた。

空也はエリザ号の縄梯子を上る前に、麻衣が巻いてくれた白絹の帯に修理亮盛光を差し落として、両手を空けた。

「おお、なかなか縄梯子は揺れおるな」

と言いながら松平石見守は足が竦《すく》んでしまい、縄梯子の板へ足を載せられずにいた。

「殿、恐れながら、それがしが殿を肩車にして縄梯子を上ってようございますか」

空也が小声で尋ねた。

「なに、そなたはそれがしを肩車して縄梯子を上るというか」

「威信に関わりますか。慣れぬことをなされて怪我をされるより、紅毛人の衣装を着た家来の肩車で堂々と阿蘭陀船にお乗り込みくだされ」

松平石見守の体の重さはせいぜい十五、六貫と空也は見ていた。空也にとってなんということもない重さだ。

「よかろう、そのほうの肩を借り受けようか」

空也は帽子を取ると、

「殿、この帽子をお持ちくださいますか」

そう言って松平石見守に預け、袴の間に頭を差し入れると軽々と担ぎ上げ、

「威風堂々と阿蘭陀船にお乗り込みくださりませ」

そう願った空也は、縄梯子を両手で摑み、軽やかにも船腹を上っていった。船腹の中ほどまで来たとき、松平石見守が余裕の声音で、

「坂崎空也、なかなか座り心地がよいわ」

と本名で呼んで話しかけた。

両人の前後に縄梯子に取り付いている者はだれもいなかった。ゆえに話を聞かれることはなかった。

「江戸へ戻った折り、そなたの父御《ててご》にこの一件、詫《わ》びねばなるまいな」

「老いては子に従え、と申します。お奉行はわが父よりも年長ゆえ、若い者が助勢するのは至極当然のこと、と申しましょう」

「そなた、上様に拝謁《はいえつ》したと聞いたが、さようか」

「はい」

「その折り、上様より刀を下賜《かし》されたとも聞いたが、腰の一剣がその刀ではあるまいな」

「いかにも上様より拝領の修理亮盛光にございます」

「空也、今日のこの一件、江戸には内緒にしてくれぬか。上様に知れたらそれがし、この皺腹《しわばら》を掻《か》き切る羽目になりそうじゃ」

松平石見守が真剣な顔で言った。

「ご安心を」

と空也が答えたとき、大砲の砲門が並ぶ下層甲板を過ぎ、胸を張った松平石見守の眼にはエリザ号の主甲板が見えてきた。

悠然と主甲板に降り立った松平石見守から帽子を受け取った空也は改めてそれを被り直した。すると次々に長崎奉行所の一行がエリザ号に乗り込んできて、整列した。その直後、長崎会所の面々もエリザ号へと乗船してきた。その中には優美な京友禅《きょうゆうぜん》の振袖《ふりそで》を着こなした高木麻衣もいた。

長崎側の一行が左舷側に整列すると、右舷側に控えていたエリザ号の鼓笛《こてき》隊が歓迎の調べを奏し始めた。

着剣して鉄砲を捧げ持った正装の水夫たちが長崎奉行ら一行を整列で迎えていた。また操舵場の下では出島の阿蘭陀商館員やエリザ号の船長ら幹部連が一行を出迎えていた。

「大坂中也、それがしに従え」

と松平石見守に命じられた空也は、長崎会所町年寄の高木籐左衛門と麻衣のふたりと一緒に儀仗隊《ぎじょうたい》を巡閲した。

空也は、阿蘭陀商館側の挨拶《あいさつ》を受けたとき、松平石見守の和語を麻衣が通詞《つうじ》するのを見て、麻衣はまだ空也にその姿の一部しか見せていないことを知った。

四

エリザ号長崎入津の対面儀礼が終わったあと、長崎奉行松平石見守と町年寄の高木籐左衛門が船室に招かれた。そこに、なんと麻衣と空也が同席するよう命じられた。

空也は黙って従うほかない。

船室は豪奢《ごうしゃ》を極めた調度の品々で飾られていた。

　空也はこの広間にあるものが船の調度品なのか、それとも交易の品なのか、分からなかったが、この長崎で到来物として高値で取り引きされるのであろうと考えた。

　船室の色付きのぎやまんと、宵闇《よいやみ》に浮かぶ格子《こうし》窓《まど》の向こうの長崎の内海がなんとも美しい。

　空也は長崎会所のオランダ号に乗船したことがあったが、この交易帆船エリザ号は比べようもないくらいに大きく豪奢だった。

　不意に阿蘭陀商館長《カピタン》が空也に話しかけてきた。空也にはまったく阿蘭陀の言葉が理解できなかった。ただ商館長のヘイスベルト・ヘンメイは江戸参府からの帰途に掛川《かけがわ》宿で急死したということを聞かされていた。その後任としてレオポルド・ウィルレムが就任したのだが、眼前の人物が新たな商館長《カピタン》なのかどうか、空也には分からなかった。そんな空也の戸惑いを見た麻衣が、

「高すっぽさん、紅毛人の衣装がようお似合いだとおっしゃっているわ」

「借り着です。なんとも落ち着きません」

「その衣装、借り着じゃないのよ。私が選ぶのを手伝ったけど、その衣装は阿蘭陀商館からの大坂中也への贈り物なの」

「麻衣さんが貸してくれた衣装ではないのですか」

「違うわ、阿蘭陀商館のお礼の気持ちよ」

「お礼を受ける覚えはございません」

「野崎島《のざきじま》の一件よ」

「麻衣さん、この御仁が新しい阿蘭陀商館長なのですね。そして、あの兄弟を麻衣さんとそれがしが始末したことを承知なのですね」

「そういうことよ。ラインハルト兄弟は出島に神父として滞在し、長崎の町で辻《つじ》斬《ぎ》りを働いて野崎島に逃げたのよ。それを私が追いかけ、高すっぽさんと会ってあのような結末を迎えた。この一件の真相を阿蘭陀商館に報告しないわけにはいかないわ」

麻衣の説明を聞いてこの衣装を着せられた意味を空也は得心《とくしん》した。

空也は就任したばかりの商館長を正視して、

「有難うござる」

としかつめらしい顔で礼を述べた。すると商館長が楕円の大卓に置かれてあった異国製の短剣を空也に差し出し、なにかを告げた。

「やはりその衣装には剣が足りない。高すっぽさんは大刀を持参しているゆえ、阿蘭陀で鍛造された短剣を贈るとおっしゃっているわ」

「それがし、武者修行の途次。かように豪奢な衣服や短剣を頂戴《ちょうだい》しても扱いに困ります、麻衣さん」

「そのようなことは後で案じればいいことよ。商館長は、短剣を帯に差せば、新たに紅毛人ひとりがこの場に増えるとおっしゃっているわ」

さようですか、と応じた空也は、今宵松平石見守の家臣大坂中也としてエリザ号に招かれた真の理由を知った。

「商館長どの、この短剣を拝見してよろしいでしょうか」

と空也が尋ねると麻衣が即座に通詞して、商館長がにっこりと笑った。

空也は手にしていた大刀を麻衣に預け、柄に貴石《きせき》などをはめ込み、鞘《さや》にも複雑な意匠を施した短剣を静かに抜いた。

短剣の刃渡りは七寸（二十一センチ）ほどか。日本刀とは違う刃の鍛えと地紋がランタンの灯りで輝き、なんとも美しかった。

「柄もとの飾り石は金剛石《こんごうせき》よ。阿蘭陀国は金剛石の加工で有名なお国柄なの」

「それがし、かように貴重な短剣や衣装に見合う行いをなしてはおりません」

「中也さん、あなたが考えていた以上にラインハルトの一件は、幕府と阿蘭陀の長い交流に水を差す出来事だったのよ。私たちが野崎島で行ったことは、長崎にとっても幕府にとっても、さらには阿蘭陀にとっても、有難い結末だったの。商館長は本日、あなたが紅毛人の衣装を着たのを見て、『この若武者を見て、初めてあの一件が完全に闇に葬られた』とおっしゃったのよ」

麻衣と空也の言葉を阿蘭陀側の通詞が商館長と船長に伝えていた。

空也は阿蘭陀の国で拵えられた短剣をしげしげと眺め、鞘に納めると白帯に差した。すると商館長が大きく頷き、何かを言った。麻衣が通詞しなくても、よう似合うと言っているのだろうと、空也は察した。

商館長が最後に空也に向かって言った。それを麻衣が通詞した。

「出島の修復が終わった折りには、出島にお招きしたいとおっしゃっているわ。わが部下にもこのエリザ号の乗組員の幹部連にも腕自慢がおります。そなたと稽古をするのを楽しみにしている、ともおっしゃっているわ」

「剣術の稽古ならばいつどこへなりとも参ります」

空也の返答に商館長が満面の笑みを見せた。

そのとき、エリザ号の小者《こもの》が何かを告げに来た。

「甲板に宴の仕度ができたそうよ。大坂中也さん、あとはゆっくりと異人さんの接待を受けなさい」

　と麻衣が言い、船室にいた商館長らと一緒に空也は主甲板に出た。すると主甲板には最前よりも、和人の数が増えていた。

　夏詰の長崎聞役《ききやく》たちもまた、エリザ号の長崎入津に招かれていたのだ。ということは薩摩を含めた十四家の西国大名の長崎聞役たちがエリザ号に会していることになる。

　長崎定居《じょうきょ》の福岡藩長崎聞役の堂南健吾《どうなんけんご》が空也に近付いてきて、

「大坂中也どの、異人と見紛うほどですぞ」

　と笑顔で話しかけた。

「堂南様、阿蘭陀商館と高木麻衣さんの思い付きでかような形をさせられました。なんとも落ち着きません」

　堂南にも阿蘭陀商館から贈られたことは告げなかった。

「いやいや、なかなか堂々とした異人の若武者ぶりです」

　阿蘭陀船の小者は、ジャガタラの者たちか。その者たちが、ぎやまんのグラスに入った赤い酒を配って歩いた。麻衣が空也のもとへ寄ってきて、

「中也さん、異人の仕来りよ。葡萄《ぶどう》から造られたお酒を、皆と一緒に最初だけは

口につけて。それが礼儀なの」

と忠言してくれた。

「葡萄から造られた酒はかような赤い色になるのですね」

と小者の持つ葡萄酒に目をやった。

「紅毛人は赤い葡萄酒をローイウェインと呼び、よく飲むわ。中也さんも赤葡萄酒がよさそうね」

と麻衣が小者に命じて、空也はグラスを受け取った。

接待役のエリザ号の船長が乾杯の音頭をとり、一同がぎやまんの葡萄酒に口をつけた。空也は葡萄酒をわずかに口に含み、

「ローイウェインは、なんとも言えぬ味です」

「高すっぽさんは体付きは大人でも、未だ大人になりきれてないわね」

と麻衣が小声で囁《ささや》きかけ、

「それがし、武者修行中の身ということを忘れないでください」

と空也が同じく他人に聞こえないように声を潜めて応じた。

そのとき、そこへ、

「会所の姉御様は長崎奉行の家臣どのとは長い付き合いにございますかな」

と初めての武家方が手に葡萄酒を持って近付いてきた。

「中也さん、長州《ちょうしゅう》藩毛利《もうり》家の長崎聞役隈村荘五郎《くまむらそうごろう》様よ」

そう中也に紹介した。

「それがし、大坂中也にございます。麻衣さんとは長崎に参って初めてお目にかかり、かように世話になっております」

「それにしては親しい付き合いのように見える」

当然隈村は、外海沖で、唐船を装った長州関わりの海賊船が長崎会所の荷船新《しん》長崎丸《ながさきまる》を襲ったことを承知していた。また、長崎会所が海賊船退治のために購《あがな》ったオランダ号のせいで失敗に終わったことも、長州藩の菊地某《きくちなにがし》が死んだことも、いずこからか、報告を受けているはずだった。

その後の海賊船の始末は麻衣からも長崎奉行所からも、一切空也は聞いていなかった。そういう経緯《いきさつ》である以上、麻衣と空也は長崎で知り合ったということで押し通すしかない。

「はい、それがしがまったく長崎を知らぬゆえ、わが殿が会所の高木麻衣さんを紹介してくださり、長崎をいろはから学べと命じられたのです。麻衣さんはそれがしの師であり、かつ姉のようなお人でもございまして、あれこれと教えていただき、今宵はかような形をさせられました」

と空也が苦笑いをしてみせた。

「長崎奉行松平様の家臣どのには隠れた才と役目があると見た。そうではないか、堂南どの」

隈村が福岡藩の同職の堂南に返事を求めた。

「馬が合うというのでしょうかな。本物の姉と弟どのの間柄のように見ました。隈村どの、阿蘭陀船のおる間、大坂どのともよろしゅうお付き合い願いましょうかな」

と堂南が如才《じょさい》ない取り持ちをした。

「こちらこそよろしゅうな」

と隈村は言うと、堂南と一緒にふたりのところから離れていった。

「中也さんは阿蘭陀料理を食したことはないわね」

「初めてです」

「異人たちは大勢の宴では船上や庭を使い、立って飲み食いし、談笑するのが習わしよ」

そう説明し、阿蘭陀料理が並ぶ卓に空也を連れていった。

長い卓には白い布が掛けられていて、大皿の阿蘭陀料理の数々が並んでいた。

「中也さん、この皿に、こちらにあるホコで好きなだけ取り分けるのよ」

ホコとは三叉鑚《みつまたきり》と書き、ホコと長崎人は呼んだ。現在のフォークのことだが、象牙《ぞうげ》の柄《え》がついた立派なものが用意されていた。

麻衣が手本を見せた。

「目移りがするほどいろいろな食い物がありますね」

「中也さんは、牛肉や豚肉を食したことはある」

「過日、堂南様に唐人街の食い物屋に連れていかれてあれこれ食しました。おそらくそこで食したかもしれません」

「中也さんはなんでも食べるものね」

「修行に出てから初めての経験です。腹を空《す》かし、寒さに耐える旅を再開したとき、どうなるか案じられます」

「ここは長崎よ、江戸でも京《きょう》でもないの。ここでしかできない体験をすることよ」

「はい」

「この鉢は焼豚、こちらは牛の脇腹肉の油揚げね。この野菜の煮物は阿蘭陀野菜ね」

麻衣があれこれと空也に教えてくれた。

「唐人街の料理とは香りが違います」

「唐人料理と阿蘭陀料理はまず油が違うわね。両方の料理ともに和食と違うのは香辛料を上手に使うことかしら」

麻衣が次々に説明し、空也はそれらの料理を平らげていった。

その様子を見ていた商館長が笑いながら麻衣に何事か話しかけてきた。麻衣が返答をすると空也に、

「形も紅毛人だけど、食も和人とは違って、よう食べる。頼もしい若者かな、と褒めているわ」

「それがし、旅の間は常にひもじい思いしか経験しておりません。とはいえ、この料理はどれも美味《うま》いのです、と商館長《カピタン》どのに説明してくだされ」

と麻衣に願った。

阿蘭陀語ゆえ和人に聞かれても理解できる人はまずいなかった。ゆえに麻衣と商館長との会話は延々と続き、時折りふたりが空也を見て得心するように首肯《しゆこう》した。

その会話は通詞が商館長を呼びに来るまで続き、その間に空也は笑みを浮かべながら、

「阿蘭陀卓袱《しっぽく》」

と長崎人が呼ぶ料理の数々を堪能し続けた。

「それにしてもよく食べるわね」

「理由は最前申しましたよ」

「商館長には、差し障りのない程度にあなたの出自を話しておいたわ。そのほうが今後、何かあったとき、阿蘭陀商館が力を貸してくれるからよ」

と言った。

「それがしのことですか」

「いえ、お父上のこともよ。もしかしたら新たな阿蘭陀商館長として江戸へ行くことも考えられるわ。そうなれば、公方様《くぼう》の官営道場に等しい尚武館道場を訪ねるかもしれない。堂々たる態度は幕府の道場主の嫡子《ちゃくし》なれば得心がいく、偉丈夫《いじょうふ》であって不思議はない、と感心していたわ」

「麻衣さん、最前、長州の長崎聞役どのに話しかけられましたね。薩摩藩の長崎屋敷の面々もこの場におられましょう」

「ほら、あちらで葡萄酒よりはるかに強いアラキ酒を飲み干す一党が薩摩の方々よ」

そのように説明する麻衣の眼差しに気付いたか、薩摩の長崎聞役西郷次右衛門がふたりのところに寄ってきた。

「麻衣さん、この若衆、なかなかの御仁じゃのう」

「阿蘭陀料理の食いっぷりを聞きなるとですか。胃袋は異人並みですたい。ばってん酒は未だ嗜《たしな》みませんと」

麻衣は薩摩の長崎聞役に長崎言葉で応対した。

空也は、麻衣の凄さは相手によっていろいろな言葉や訛りを使い分けることだと思った。

「酒は飲めんでん、生き方は太々《ふてぶて》しか」

「まあ、そのうち、こん大坂中也さんのことも分かりまっしょ」

と軽くいなした。

麻衣は、近々長崎に渋谷眉月が空也を訪ねてくることを承知していた。となると当然、長崎の薩摩屋敷もそのことを察知する。ならば、薩摩藩の長崎聞役に今のうちから少しだけでも情報を与えていいものかどうか、麻衣は迷っていた。

眉月の祖父である渋谷重兼は、島津重豪の重臣にして、院政を敷こうとする島津重豪と当代藩主島津齊宣《なりのぶ》の間に入り、両者を取り結ぶ難しい役目を果たしていることを、長崎聞役が知らないはずはなかった。その渋谷重兼の麓館に一年七月《ななつき》に亘《わた》り滞在し、鹿児島《かごしま》城下にも訪れたことがある若侍が眼前の若者と同一人物と知ったとき、どのような反応を見せるか。

空也は東郷示現流の高弟、酒匂兵衛入道一派と対立しているばかりか、酒匂父子《おやこ》と尋常勝負を行ったのだ。

麻衣は、大坂中也が坂崎空也であることをまだ知らせるべきではないと判断した。

「こん若い衆は薩摩と関わりがあると言いなるな、麻衣さん」

「いえ、長崎奉行の松平石見守様の家来さんたい、薩摩とは関わりなかろ」

空也は西郷との話を麻衣に任せてただ黙然と聞いていた。

「松平様の任期は九月までじゃったかな」

「このエリザ号が長崎を出る頃におそらく江戸へと戻られまっしょ。そげん思いますと」

「ということは、この若い衆も松平様と同じく長崎を出られるか」

「どげんね、大坂中也さん」

いきなり訊かれた空也は、

「すべて主の命次第にございます」

と答えていた。

「そなた、福岡藩黒田屋敷の剣道場で稽古をしているそうな。なかなかの腕前と聞いた。流儀は何か」

「直心影流《じきしんかげ》です」

「ほう、直心影流な」

と西郷が言い、

「善切太郎左衛門《よしきりたろうざえもん》師範のもとで教えを乞《こ》うております」

「聞いたぞ。黒田家の長崎壱番々《いちばんばん》を総なめにしたそうな」

「大袈裟《おおげさ》に伝わるものですね。ご指導を願うているだけです」

と空也が応じたところで、西郷がふたりの前から去っていった。

「大坂中也の身許《みもと》を薩摩の長崎屋敷はなんとなく疑っている感じね」

「長崎に迷惑がかかるようならば、それがしは再び武者修行に発《た》ちます」

「眉月様を待たずに長崎を出ると言うの」

「それほど切迫しておりましょうか」

「いや、会所の綱にかかるまでは動かなくて大丈夫よ」

と麻衣が言ったとき、町年寄の叔父が麻衣を呼んだ。そのかたわらに阿蘭陀人がいるところを見ると、通詞をさせようというのか。

「高すっぽさん、ひとりで大丈夫」

「姉上、ご心配なく」

と言って空也が麻衣を送り出すと、新たな人影が空也の前に立った。最前、麻衣を加えて話していた長州藩毛利家の長崎聞役隈村荘五郎だ。

「そなた、長崎入りした折り、篠山小太郎《しのやまこたろう》と一緒だったそうな」

といきなり決めつけた。

「日見峠《ひみとうげ》から出島の前まで同道しました」

「その後、小太郎と会《お》うたか」

「いえ、会う機会は未だございません。隈村様は篠山小太郎どのを承知ですか」

「いや、知らぬ。そのような名の者が長州藩毛利家の家臣と触れ歩いているそうでな、われらはその行方を追っているところだ」

なんの魂胆があってか、隈村がそう答えた。

「それがし、最前も申したとおり、日見峠から出島前まで同道しただけにございます。そのことをなぜそなた様がご承知か、訝しいことでございますな」

「道化者が言いおるわ。そのうち正体を暴いてくれよう」

と吐き捨てた長州藩の長崎聞役が空也の前から立ち去った。

エリザ号の宴は果てる様子もなく続いていた。

空也は舳先に向かい、夜風に当たりながら、エリザ号の宴と背景の長崎の町並みをいつまでも眺めていた。

そして、

(眉姫様はいつ長崎に姿を見せられるのであろうか)

と愛しき人の面影を追っていた。

第二章　江戸戻り

一

菱刈郡の麓館では、鹿児島城下に滞在している渋谷重兼からの文を孫娘の眉月が受け取り、封を披《ひら》いたところだった。

四月半ば、重兼は藩主島津齊宣の急使に呼び出された。祖父は麓館を出る折り、

「眉月、そなたが麓館を去る前に必ず戻ってくる。まあ、政《まつりごと》の相談だとは思うが、殿に会えばそれで事が終わろう。安心いたせ」

と言い残して、家臣数人を供に急ぎ鹿児島へと向かった。

だが、半月を過ぎても麓館に戻ってくる気配はなかった。こたびの供に加えられなかった宍野六之丞《ししのろくのじょう》が眉月のところに顔を見せ、

「眉姫様、殿のお戻りの気配がなかなかありません。どうしたことでございましょうか。われらの江戸行きはどうなるのでございますか」

そう嘆きに来るのが、このところの日課になっていた。

眉月はふだん祖父が洩らす言葉の断片から、前《さき》の藩主重豪との軋轢《あつれき》に悩んだ齊宣の話を聞くことが、こたびの鹿児島行きの主たる御用と察していた。となると、そう容易《たやす》いことではない、と想像していたが、だんだんと京泊《きょうどまり》から船が出る日が迫っているにもかかわらず、祖父一行が麓館に戻ってくるという連絡はなかった。

そのような折り、祖父からの書状が眉月のもとにようやく届いたのだ。それを聞きつけた六之丞が姿を見せ、

「殿はいつお戻りでございますか」

と尋ねた。

「六之丞、文を読み始めたばかりです。しばし時がかかります。爺様の字は達筆すぎて眉には判読できぬところが多々あります。四半刻《しはんとき》(三十分)ほどあとにおいでなされ」

と眉月は、六之丞をその場から下がらせた。そして、重兼の書状に集中しようとした。

ようやく最後まで読み終えた眉月のもとへ、再び六之丞が顔を見せた。

「四半刻後と申しましたよ」

「眉姫様、あれから半刻は過ぎました」

「えっ、さほど時が経《た》ちましたか」

眉月は祖父の書状に目を通すのに、それほど長い時を要したかと驚いた。

「殿の文にはどのようなことが認《したた》められておりましたか。お帰りの日は」

文を膝に広げたまま眉月は六之丞の顔を見た。

「すぐにお戻りではございませんので」

「すぐには戻ってこられない。戻ってこられるにしても、京泊の湊で私どもが乗るはずの船には間に合わぬと書かれてあります」

「となると、また船探しから始めねばなりませぬな。それとも眉姫様、長崎には徒歩で参られますか」

六之丞が明らかにがっかりした表情を見せた。

「爺様は、長崎行きの船のことは案ずるな。別の船を鹿児島から仕立てると言うておられます」

「おお、それはよかった」

と六之丞は喜色を見せ、

「高すっぽは、われらを長崎で待っておりましょうな」

こんどはそちらに懸念を移した。

「必ずや待っておられます。爺様が眉への文と一緒に、長崎の空也様に宛てて、書状をお出しになったそうです」

「よかよか、これでよか」

六之丞がほっと安堵《あんど》の胸を撫《な》で下ろした。

眉月はしばし間を置いてから膝の文をゆっくりと畳み始め、告げた。

「爺様も江戸行きにご一緒なされます」

「なんと、殿も長崎まではなく、われらと一緒に江戸へ行かれますか」

驚いた六之丞の顔は、

（なぜであろうか）

と問うていた。

「江戸の用件は存じません。おそらく鹿児島で齊宣様にお会いになったのでしょう。この際、重豪様にお目にかかったほうがよいとおふたりで判断なされた結果、爺様の上府が決まったのかと思います。されど長崎に立ち寄られるのは別の用件です」

「殿は長崎にも御用を持っておられますか」

「坂崎空也様にお会いになるのが長崎での御用です」

「えっ、それはまたどうしたことで」

「酒匂兵衛入道様のご嫡男《ちゃくなん》が鹿児島の屋敷から姿を消されたそうです。どうやら坂崎空也様らしき人物が長崎に逗留《とうりゅう》していることを薩摩側が察知し、酒匂家へ知らせた模様です」

眉月は重兼の文を要約して六之丞に告げた。

酒匂家嫡男の太郎兵衛は、父と弟の死を受けても泰然《たいぜん》と鹿児島の住まいに逼塞《ひっそく》していた。それが、次男の次郎兵衛が江戸に向かったのに続いて、突然屋敷から姿を消したという。次郎兵衛は薬丸新蔵との関わり、そして太郎兵衛の一件は、長崎に坂崎空也が姿を見せたことに関わりがあるのではないか、と重兼は推測していた。

「なんと、太郎兵衛どのが長崎に向かわれたとおっしゃいますか」

最前の六之丞の安堵は驚愕《きょうがく》へと変わっていた。

「眉姫様、太郎兵衛どのは、父の兵衛入道様以上の技量の持ち主と評判のお方です。それに兵衛入道様と三男の参兵衛どのが空也どのとの勝負に敗《やぶ》れたあとも、じっと鹿児島の何処《いずこ》かに蟄居《ちっきょ》しておられたほど、沈着にして冷静な人柄にございます」

「もしふたりが戦えば、空也様が負けるというの」

眉月の顔色が変わった。

「それはなんとも」

言い淀んだ六之丞が沈思した。

長い沈黙であった。

「眉姫様、どちらが勝つとか負けるとか、それがしごときにうんぬんすることはできません。空也どのも太郎兵衛どのも達人の域に達しておられる剣術家です。殿が長崎を経由して江戸へと向かわれる背景には、鹿児島でかような事実を知ったために、なんとしても酒匂一派との戦いを止めようとしてのことではないか、とそれがしは推量いたします。眉姫様、それがしの考え、違いましょうか」

こんどは眉月が沈黙して思案に落ちた。そして、六之丞の顔を見て、首をゆっくりと横に振った。

「私にも分かりません。爺様の文にも私がそなたに話したこと以上は認められておりません。酒匂様の遺児がなにをお考えか、空也様にも分かりますまい。爺様は、そなたの言うとおり、怨念《おんねん》と憎しみを募らせる戦いを止めようと、私どもの江戸行きに同行されるのではございますまいか」

と眉月が六之丞の考えに賛意を示した。

「高すっぽが、いえ、坂崎空也どのが鹿児島での具足開《ぐそくびら》きの場で打ち合いをなしたのは、薬丸新蔵どのの要請を受けてのことです。空也どのが酒匂派の恨みを買う話ではございません」

六之丞が自らに言い聞かせるように呟《つぶや》いた。

だが、六之丞自身も、

「もはや如何《いかん》ともし難い事実」

であることを承知していた。

この六之丞は、薩摩と肥後の国境久七峠《きゅうしちとうげ》において、酒匂兵衛入道と空也との尋常勝負を見聞したただひとりの人物だった。そして、この勝負は、両者の意思にかかわらず、三男参兵衛や門弟衆との戦いを招いていた。

今や酒匂一派の残された兄弟と門弟衆は、薩摩藩島津家の先代藩主重豪や当代の齊宣の命にも逆らい、薬丸新蔵と坂崎空也を斃《たお》すことに、

「薩摩武士の威信」

をかけていた。

とはいえこの場の眉月と六之丞は、江戸で起こっていることをまったく承知していなかった。

「この戦いの決着はどのようにつくのでございましょうか」

眉月は、祖父重兼の仲裁が両者の和解につながることを祈るしかできなかった。

「眉姫様、殿が長崎に参られるのは、空也どのを江戸へとお連れするお考えがあるからではございませんか」

六之丞は己の思い付き、空也の武者修行の中断に触れた。

「さあどうでしょう」

眉月は首を捻《ひね》った。

「殿の言葉を高すっぽは聞かぬと申されますか。死にかけた高すっぽを助けたのは殿であり、眉姫様であり、われら麓館の面々でございますぞ。いわば命の恩人です。その恩人である殿の言葉を高すっぽは聞き入れようとはしませぬか」

六之丞は言い募った。

眉月は首を横に振った。

「六之丞、空也様はさようなことはとくと肝に銘じておられます」

「ならば」

「六之丞、そなたも胸のうちでは承知しているはずです。この戦いは空也様が原因《もとい》を作った話ではございません。すべては具足開きで空也様が新蔵どのの考えに巻き込まれて起こったことです。それを承知で酒匂兵衛入道様が久七峠で待ち受けておられた。それは六之丞がいちばん知っているはずですね。空也様がどう決断されようと、酒匂一派の報復を止めることはできますまい」

眉月の話に六之丞が頷いた。

「もう一つ大事なことがあります」

「なんでございますな」

「十六の歳《とし》で武者修行を決断なされた空也様です。薩摩に入国するために無言の行を課し、私どもと出会って以降もそれを続けながら薩摩剣法の修行をしてこられました。その空也様が武者修行を終えるとすれば、それは空也様おひとりの考え以外ありますまい。いくら爺様の言葉でも空也様が受け入れることはありません。いいえ、爺様もさような申し出はなされません。あくまで空也様の判断次第です」

ふたりは沈黙した。

そのことが分かっていながら、渋谷重兼は長崎に行き、空也に会おうとしていた。なんとも、

「つらい決断を殿はされた」

と六之丞は思いを致した。

六之丞が縋《すが》るような眼差しで眉月の顔を見た。

「なにを言いたいのです」

「眉姫様が高すっぽにおっしゃっても駄目でしょうか」

六之丞は最後にまた別の考えを口にした。

「そなたこそ、無理と承知していましょう。空也様とて一度は無益な戦いを避けるために島巡りに出たのです。ですが、酒匂一派はどこまでも執拗に追っ手を差し向けております。空也様は、もはや避け得ないと決断されて長崎入りされたのです。私が口を挟むような事柄ではありません」

眉月の言葉に六之丞がしばし間を置いて首肯した。

数日後、長崎の福岡藩黒田屋敷の道場から出てきた空也を長崎奉行所の密偵鵜飼寅吉が待っていた。

「おや、寅吉様。なぜ剣道場へお訪ねにならぬのです。門前で待つなど、なにか差し障りがございますか」

「差し障りな。なくもない」

と言った寅吉が、

「そなた、すっかり黒田藩の御番衆と馴染んで稽古をしておるな」

と言い添えた。

「さすがは西国雄藩の一家、長崎警護の御番衆は、どなたもなかなかの腕前にございます。島巡りでは正直、これだけの面々が揃《そろ》う道場はありませんでした。稽古のやり甲斐《がい》があります」

「そなた、心から剣術が好きなのじゃな」

「好きかどうか、長崎に来て迷いも生じました」

ふたりは海に向かってぶらぶらと歩いていった。

「そなたの歳であれば、あれこれ迷うのは当たり前。珍しくはあるまい」

「それがしが未だ、すべてにおいて未熟なのは承知です」

「まあ、剣術以外は」

「子供同然ですか」

「そう先回りしてそれがしの言葉を取るな」

「剣術修行について迷うております」

寅吉が空也の顔を見て、

「驚いた」

と言った。

「過日、エリザ号の宴に招かれた折り、異国の諸々に驚かされました。戦いの道具は大筒、鉄砲、短筒《たんづつ》など、知らなかったものがたくさんありました」

「あるな」

と応じた寅吉が続ける。

「剣術など、鉄砲に比べればもはや役立たず、古臭いと言うか」

「そのような考えもなくはありません」

「そなたの迷いは違うのか」

「そのあたりの整理が未だつかぬのです」

「そなたのように剣術を極めた者ほど、異人たちの武具一つを見ては剣と比べて、勝手に迷いを生じさせるようだ。剣術と飛び道具、比べようもないものを同じ俎板の上で論じてどうなるのだ」

寅吉が珍しく明白に言い切った。

「いかにもさようです」

「高すっぽ、そなたが無事に修行を果たした折り、その問いはそなたの父御にならせ。天下の剣術家坂崎磐音様とて、『剣術修行はなんのためにあるのか』と幾たびも自問されたはずだからな」

「そうですね。父に問う前にそれがし自身が答えを見つけるべく、いっそう汗を流さねばなりますまい」

空也の言葉に寅吉がしばし沈思し、

「会所の高木麻衣さんが、なぜ到来物の短筒を使おうとはせず、異国の短筒を元に堺《さかい》の職人に造らせた堺筒《さかいづつ》を、己の命を守る武器に選んだか分かるか」

「えっ、さようなことは考えもしませんでした」

「それがしも直《じか》に聞いたことはないゆえ、間違いやもしれぬが聞け」

と断わった寅吉が、

「異人の造った短筒は、狙《ねら》いも正確で威力もある。だがな、和人の、まして女子の手には大きすぎて合わぬ。ゆえに麻衣どのは堺の職人に異人の短筒と自分の手形を送って造らせたそうだ。同じ短筒でも扱う人間によって、手に馴染むものかどうかは異なろう。坂崎空也、そなた、相手を斃したり傷つけたりするために剣術を修行してきたのではあるまい」

「違います」

「島巡りで会うた小間物屋《こまものや》ごときが言う言葉ではないぞ。だれぞの聞き齧《かじ》りだ。剣術家としての果ては、刀を抜くことなくいかにして生涯を閉じるか、そのために修行すると聞く。違うか、高すっぽ」

「となれば、それがし、もはや剣術修行の資格を失うております」

「そなた、これまで自ら相手に先んじて刀を抜いたことがあったか」

空也は寅吉の問いを考えた。そして、いえ、と答えていた。

「その姿勢を貫き通すことだ。小間物屋の忠言だ」

と寅吉が言い、

「高すっぽ、そなたは明日、出島に招かれておる。異人たちの暦では休む日に当たり、エリザ号の荷揚げ作業も休みなのだ」

と語を継いだ。

「そなたのことは、出島の異人の間でも評判になっておるそうな」

「どうしてですか」

「野崎島の一件もそうだが、海賊船に乗っておったイスパニア人のホルヘ・マセード・デ・カルバリョ卿との戦いも、出島になんとなく洩れ伝わったということよ。必ずや異人の腕自慢がそなたとの立ち合いを所望しよう」

空也は鵜飼寅吉の用事はそれを伝えることかと思った。ならば、わざわざ黒田家の長崎屋敷に出向くほどではなく、長屋に戻った空也に伝えればよいことだ。

空也が頷くと、寅吉が、

「大坂中也どの」

と改めて呼びかけた。

空也が寅吉を見ると、懐《ふところ》から書状を取り出した。眉月からの文かと一瞬思った。

「鹿児島城下から出された書状じゃな」

寅吉が空也に差し出した。

「長崎奉行所　松平石見守気付大坂中也様」

の文字は眉月ではなく、麓館の渋谷重兼の手跡であった。

二

過日立ち寄った福砂屋《ふくさや》を空也は訪れた。鹿児島からの渋谷重兼の文が気になるのか、寅吉も従ってきた。

「おお、ようおいでなされ」

福砂屋番頭の福蔵《ふくぞう》がふたりを迎えた。

「恐れ入りますが、店の隅をしばらくお貸しください。書状を読みたいのです」

空也が願うと、

「なんの差し障りもございませんと。それよかいつぞやはお世話になりました」

と福蔵が答え、空也が強請《ゆす》りをしようとした唐人を一瞬にして叩《たた》きのめした行為に改めて感謝した。

広土間の隅の縁台に座り、空也は書状の封を披く前に、渋谷重兼の手跡を確かめた。

すると、

「そのお方は何者か」

と寅吉が訊いた。

「お話ししていませんでしたか。それがしが薩摩に滞在中お世話になったお方にございます」

「高すっぽ、その名じゃが、もしや前の薩摩藩主島津重豪様の重臣であったお方とは違うか」

空也は寅吉に頷き、封を披いた。そこへ若い女衆《おんなし》が茶とカステイラを運んできた。だが、空也は会釈《えしやく》を返しただけで書状を読むことに専念した。

寅吉は茶を喫《きっ》しながら黙って空也の表情を見つめていた。

書状を読み終えた空也は巻紙の書状をゆっくりと畳んだ。

「なんと書いてあったのだ」

寅吉が空也に尋ねた。

空也の返答まではしばし間があった。

「それがしと因縁のある東郷示現流の酒匂一派が気付いたようです。酒匂兵衛入道の嫡男太郎兵衛様の姿が鹿児島から消えたことを知らせる文でした」

「気付いたとは、そなたが長崎におることをか」

寅吉の問いに空也は頷いた。文に接した瞬間の上気した気持ちはすでに鎮まっていた。空也にとってこの知らせは、覚悟していたことだった。

「どうするな、坂崎空也」

寅吉が本名で空也を呼んだ。むろん周りにはふたりの話に耳を傾ける客はいなかった。

「カステイラを頂戴します」

空也は南蛮渡来の甘味をゆっくりと味わいながら、思案した。カステイラを食し終えたとき、空也は寅吉を見た。

「どこに向かおうと、酒匂太郎兵衛様は追ってこられましょう。むろんできることなら無益な戦いは避けとうございます。長崎に迷惑をかけたくはありませんが、これまでどおり、この地で稽古を積みとうございます」

空也の言葉を吟味していた寅吉が頷き、

「薩摩の怨念、かなり執拗じゃな」

と応じた。

「薩摩が格別というわけではありません。剣術家同士が戦えば、それが尋常勝負であっても恨みは残ります。武者修行は戦うた相手の恨みつらみに追われる暮らしです。長崎にはその覚悟で来たつもりですが、未だそれがしの修行はならず、ですね」

　と空也が自嘲《じちょう》した。

「そなたの若さで修行が成るなどあり得まい。途次であって当然じゃな」

　寅吉の言葉に空也が頷いた。

「東郷示現流の酒匂一派をこの長崎で待ち受けるつもりか」

「それがしが長崎を出ようとこの地に残ろうと、酒匂太郎兵衛様はいつの日かそれがしの前に立たれることになろうと思います」

　空也は最前と同じ言葉を繰り返した。

「酒匂太郎兵衛は強敵であろうな」

「木刀を交えたわけでも会うたわけでもありません。渋谷重兼様の書状には、父の酒匂兵衛入道様をも凌《しの》ぐ剣術家と認めてございました」

　うーむ、と鵜飼寅吉が唸《うな》った。

「坂崎空也、この長崎で決着をつける覚悟を決めたのだな」

　寅吉の問いに空也はすぐには答えなかった。

　重兼が鹿児島から空也に宛てた書状の一節、

「わしと眉月が訪れるのを待て」

との言葉に従う心積もりであった。

それにしても眉月が両親のいる江戸へと戻る旅に、祖父の渋谷重兼が同道する理由は、酒匂太郎兵衛と酒匂一派の残党による報復への対応だけではないと、空也は直感していた。

「寅吉どの、この長崎にしばらく滞在しとうございます」

寅吉が答えた。

「相分かった」

「一つだけ忠言がある。そなたが酒匂太郎兵衛どのと尋常勝負に及ぶまで、あくまで表向きは長崎奉行松平石見守様家臣大坂中也として押し通せ」

空也はその意味を察していた。

坂崎空也と名を明かせば、薩摩をさらにいきり立たせることになると思っての寅吉の忠言だ。さらに松平石見守の家臣として過ごす者に薩摩もそう容易に手を出せまいという考えも加味されてのことだ。

大坂中也であれ、坂崎空也であれ、この地で剣術の稽古を積めるならば空也にとってそれ以上の喜びはなかった。そのうえで、異国の進んだ国状を知ることは、

「この長崎でしかできない」

と空也は考えていた。それが剣術修行とどう結びつくか、父の磐音はいつも空也に、

「道場の立ち合いばかりが剣術修行ではない。未知の土地を己の眼で見て、触れることも修行の一つ」

と言っていた。

長崎は、ほかの武者修行の地とはまったく色合いも雰囲気も違う町であった。

空也はいつの間にか長崎に魅了されている自分に気付いた。ならば正直にその気持ちに従うべきと思った。

「寅吉どのの忠言、しかと承《うけたまわ》りました」

空也はそう答えていた。

空也は長崎奉行所立山役所に戻る寅吉と別れて長崎会所を訪ねた。高木麻衣に会っておこうと思ったのだ。

長崎会所にはいつも以上に多くの人々が出入りしていた。阿蘭陀の交易船エリザ号が長崎に到着したことで、会所が急に動き出したのだろう。

「大坂様、麻衣さんに用事な」

顔見知りになった門番が空也に声をかけた。

「はい。麻衣さんはおられましょうか」

「ちょいと見てきましょうたい」

門番はそう言って玄関に向かった。

空也は門の出入りの邪魔にならぬよう軒下に控えていた。

門番が戻り空也を誘うと、敷地内の建物の三方をすべて開け放ち、板敷に真新しい薄紙を敷いた上にエリザ号の品物と思える箱包みや紙包みが積まれ、男衆《おとこし》が中身を調べていた。

空也は知らなかったが、貿易の交易品は、第一が生糸《きいと》であった。そのほかには、毛織物、絹織物、木綿《もめん》などの織物、鹿革、鮫革などの皮革品、錫《すず》や鉛など鉱物、白檀《びゃくだん》、丁字《ちょうじ》、香辛料、砂糖、薬品類、工芸品、雑貨類、各種時計、眼鏡、辞書や医学書、兵学書、手術用具、科学機械など多岐に亘った。

そのような品の一部がすでに長崎会所に運び込まれていたのだ。

「大坂中也さん」

麻衣の呼ぶ声がした。

麻衣は分別《ぶんべつ》する交易品が積み上げられた建物の中にいて、空也に手を振っていた。

「邪魔ではございませんか」

空也が声をかけると、

「私がいないほうが仕事のはかどりはよかと」

と笑いながら、交易品の分別所から麻衣が出てきた。

空也は交易の分別所の真ん中に並べられた品々を見て、

「初めて目にする品ばかりです」

「これは本方荷物《もとかたにもつ》、本荷《もとに》と呼ばれる品なのよ。つまり阿蘭陀国と幕府が取り引きする公《おおやけ》の品物ね」

「ということは、ほかにも荷があるのですか」

「大きな声では言えないけど、商館長や出島の幹部館員の役得として取り引きされる脇荷《わきに》のほうが高額な品が多いのよ。そのような品は、会所の奥座敷で取り引きされるわ」

「本荷と脇荷ですか。そのほかに抜け荷がありましょう」

「奉行所や会所で使《つこ》うちゃならん言葉たいね」

と麻衣が空也に注意して、苦笑いした。

「武者修行の高すっぽさんには関心がなかろうもん」

「いえ、そうでもありません。こうして麻衣さんと知り合《お》うたことや、あの阿蘭陀の品を見ることも武者修行の一つです。これは父の教えです」

「豊後関前《せきまえ》藩の物産所を始めたのは、あなたの父御の坂崎磐音様らしいわね」

「父は関前藩士ではございません」

「そうね、二十何年も前に関前を出られた。だけど、江戸で両替屋行司《りょうがえやぎょうじ》の今津屋《いまづや》と豊後関前藩を結びつけたのはあなたのお父上でっしょうもん」

「昔の話は存じません。ただ今では、今津屋とうちは身内同然の付き合いにございます」

「当代の剣術家坂崎磐音様が凄いのは、その辺たいね。江戸じゃたい、武家方の首根っこばぐっと摑んどるとはたい、今津屋のような大商人《おおあきんど》たいね。高すっぽさんの父御は、武にも強く商にも関心を持たれて、藩の外から関前藩の財政を立て直したお人たいね。高すっぽさん、あんたさんの大きな体にはそん父御の血が流れとるとよ」

どうやら麻衣による空也の身辺調べは未だ続いているようだった。

「最前、鵜飼寅吉様から、明日は出島に招かれているとの知らせを貰《もら》いました」

「その話ね、異人たちの暦では七日ごとに休まなければならない日が設けられているの。日曜日というのよ。明日はエリザ号が入津して初めての日曜日に当たるの」

「そうなのですか。それがし、なんぞ知っておくべきことがございますか」

「高すっぽさんにとって格別珍しかことはなかろうたい。異人の剣士から立ち合いを要求されるのは間違いないわね」

「ならば木刀と竹刀《しない》を持参しましょう」

と空也が答えると、

「エリザ号の乗組員も出島の商館員も、幕府と交易するために多くの要求を呑《の》んでいるのよ。遠い異郷の地でわずか四千坪の出島に閉じ込められているのですものね」

麻衣が阿蘭陀人の気持ちに初めて触れた。

「先日、エリザ号が出島沖に投錨《とうびょう》したわね。高すっぽさんは知らないでしょうけど、エリザ号の武器はすべて御船蔵《おふなくら》に入れられ、舵《かじ》も外して出島の倉庫に納められたのよ」

「えっ、いつの間に。ならばエリザ号はただ今無防備な状態ですか」

「それが、長崎に阿蘭陀船が入津するための条件の一つなの」

「何十門もの大砲も、船の命運を左右する舵まで外されるのですか」

「公にはそういうことなの」

「とおっしゃいますと、阿蘭陀と長崎奉行所や長崎会所が阿吽《あうん》の呼吸で大砲を外したように見せかけ、舵を倉庫に入れたように見せる暗黙の了解がある」

「まあね。大砲を外して下ろすなんて大作業よ。それにいくら停船中の帆船といえども舵を外すのは無茶よ。そのあたりは、阿蘭陀との長い交易の中でできあがった仕掛けがあるということよ」

「長崎は奥が深いですね」

「建前といえども、そのようなことが阿蘭陀側には強いられるの。大きな声では言えないけど、マイヤー・ラインハルト神父が長崎の町に出て辻斬りを働いたのも、そのような背景があってのことよ。坂崎空也さん、覚えておいて」

「存じませんでした」

「もちろんラインハルトの所業は阿蘭陀側も許してはいないわ。野崎島でのあの始末の御礼に紅毛人の装束一式と短剣が贈られたのよ」

「それがし、装束と短剣を頂戴したばかりではなく、宴にて阿蘭陀料理も馳走《ちそう》になりました。それがしもなにかお返しをしたいのですが、ご存じのとおりなにも所持しておりません」

「まあ、高すっぽさんが所持する品で阿蘭陀人が喜びそうなのは刀しかないわね」

「麻衣さん、武者修行のそれがしにとって刀は命です」

「高すっぽさんの刀は父御からの頂戴ものなの」

空也は首を横に振った。

「身罷《みまか》られた豊後関前藩の国家老であった祖父《じい》様の刀なの」

そこまで言われた空也は正直に告げることにした。

「わが腰の一剣は家斉様から下賜《かし》された備前長船派修理亮盛光です」

「えっ」

と改めて空也の大刀の拵えを見て絶句した麻衣が、

「上様拝領の刀を携えて武者修行する人なんて、あなたくらいね」

と驚きの声で応じた。

「いいわ、高すっぽさんからの阿蘭陀商館側への贈り物は、私がなんとかする。明日はね、大小をうちに預けていきなさい。あなたの大小に似た刀を差して出島に入るのよ」

「人様に借りた大小を差せと言われますか」

「奥にいらっしゃい。上様拝領刀に似たものを探すわ」

麻衣が空也を町年寄高木家へと連れていった。

その道中、空也は渋谷重兼から届いた書状に書かれてあった一件を告げた。

「とうとう示現流酒匂一派に坂崎空也の長崎滞在が伝わったのね」

「はい」

「とすると長崎の島津屋敷のどなたかが鹿児島に知らせたのね」

「長崎聞役西郷様、ということがありますか」

「西郷次右衛門様は、長崎で騒ぎを起こすことを許されるとも思えない。ほかの人物よ」

麻衣は言外に調べると言っていた。

「ところで薩摩の渋谷重兼様が長崎にお見えになるのね」

「はい」

「眉月様もご一緒ね」

「はい。おそらく遅くとも一月《ひとつき》以内には長崎入りされます」

「となれば、最前の話は西郷様から洩れたわけではないわ」

麻衣は言い切った。

「さて、その酒匂太郎兵衛様が坂崎空也の前に立ちはだかるのは、渋谷様方が長崎に来られる前か後か」

麻衣が思案した。

「これまでの経緯から考えて、酒匂兵衛入道様の嫡男は、慎重に仕度をして、己に有利な場所で坂崎空也に戦いを挑むはずよ」

「はい」

「平然としているわね」

「そのようなことはありません。一つ言えることは、生死をかけた戦いになるということです」

空也の返事に麻衣が頷いた。

三

阿蘭陀商館兼住まいの出島には、禁制として次の条項が定められていた。

一、傾城《けいせい》の外《ほか》女の立ち入る事
一、高野《こうや》ひじりの外出家人山伏の立ち入る事
一、諸勧進の者ども並びに乞食の入る事
一、出島廻り榜示《ぼうじ》木杭の内船乗り回る事
一、断《ことわり》なくして阿蘭陀人出島より出る事

この出島に立ち入るには、江戸町《えどまち》の中央と出島の出入口に設けられた橋の先にある出島の表門を通らねばならず、そこに詰めている二名の番士が出入りの者を検《あらた》めた。初め、これらの番士は長崎会所が務めた。だが、その後、幾たびかこの制度は変わった。

寛文《かんぶん》六年（一六六六）からは町使《ちょうじ》二名と町年寄・常行司《つねぎょうじ》の家来一名を加え、あらかじめ出入りする者の名簿を長崎奉行所に提出して許しを得た。元禄《げんろく》二年（一六八九）には五名の番士と数人の探番《さぐりばん》が表門に詰めることになる。さらに後年になると番士は、長崎会所ではなく奉行所の士分が務めるようになった。

出島への出入りを許されていた者は、長崎奉行所役人、長崎会所町年寄、阿蘭

陀通詞、出島乙名《おとな》、組頭、割符《わりふ》商人、出島町人などであった。

また阿蘭陀交易帆船が出島沖に停泊しているときは、交易に関わる商人が出入りしたが、これらの者はあらかじめ町乙名《まちおとな》に願い出て、出入りの証明書を携えて出島に入らねばならなかった。

証明書とは町年寄の焼判《やきばん》が押された札であった。このほかに長崎警護の藩主や家臣は、長崎奉行の許しがあれば出島見物が許された。

つまりは長年の慣習により長崎奉行所と長崎会所、それに阿蘭陀商館の同意さえあれば、出島への立ち入りは可能であったということだ。

この日、木刀と竹刀を携えた空也は腰に脇差《わきざし》だけを差していた。

昨日、大小は町年寄の高木邸に預け、過日の短剣と阿蘭陀衣装の返礼にと、差していくよう麻衣から渡された朱塗金蛭巻脇差《しゅぬりきんひるまきのわきざし》だ。

「異人は派手な拵えが好みなの」

麻衣が長崎会所に保管されている厖大《ぼうだい》な刀の中から選んだ一本の脇差は、無銘ながら鎌倉《かまくら》の刀鍛冶《かたなかじ》の作刀と思わせる造りだった。そのような形《なり》で長崎奉行松平石見守に従った空也は、出島へ入る小橋を渡った。

「中也、番士が詰める番屋があるな、ここが長崎と出島の境界じゃ」

松平石見守が空也に教えた。

番士の詰める番屋の左右から、忍び返しをつけた高い塀と外囲いの防御柵が延びて、出島を二重に囲んでいた。

「あの忍び返しじゃがな、なぜか『イスパニアの騎士《さむらい》』と呼ぶそうな。イスパニア人の騎士の守りのごとく抜け出ることができぬという意味かのう」

奉行の説明だった。だが、空也はこの二重の防御柵にも抜け穴があることを、辻斬り神父のラインハルト兄弟の一件で承知していた。

空也は出島に立ち入って、この島には阿蘭陀人の従僕《しもべ》を務める住人が多くいることに気付かされた。これらの従僕は阿蘭陀国の東南アジアでの根拠地ジャガタラから連れてこられた者たちで、あちらの言葉で椰子《やし》を意味するカルパと呼ばれているということを麻衣から聞いていた。

扇形の出島に入る道が左右に延びて、番屋から内海へと延びる道と交差して辻を形づくっていた。

焼失した出島内の建物のほとんどが現在鋭意修復中だった。

「どうだ、火事のせいで異国の雰囲気はすまい」

不意に鵜飼寅吉の声がして、空也は振り返った。

「いえ、やはり出島は和国の中の異国ですね」

「まあ、そういうことだ。紅毛人は、ただ単に『牢獄《ろうごく》』と呼んでおるがのう」

「たしかに牢獄とは言い得て妙です。勝手に出入りできないのはなんとも気の毒だと思いませんか」

「高すっぽ、それがしだからいいようなものの、奉行所の堅物役人に聞かれてみろ。さような考えを発すると厄介なことになるぞ」

いつの間にか、空也のかたわらにいた松平石見守の姿が消えていた。

「奉行は商館長のところに参られておる。高すっぽ、そなたはそれがしに従え」

と寅吉が最初に出会った小間物屋トラ吉の口調で空也を誘った。

出島の中の通りにも路地にも広場にも阿蘭陀人ではなく、従僕のカルパのほかに犬や色彩鮮やかな野鳥や鶏などが勝手にうろついていた。

寅吉が空也を案内したのは蔵のような木造の大きな建物であった。

「エリザ号が積んできた交易の白糸や木綿を入れておく蔵だ。この蔵は焼け残ったのだ」

寅吉が空也に教えた。

空也は、蔵内部から剣の絡み合う音が響いてくるのに気付いた。

「異人の剣術道場ですか」

「まあ、そのようなところだ」

路地に回った寅吉は、風が通るように開かれた出入口を跨《また》いだ。すると外光が取り入れられた土間で出島の人が十人余、稽古用と思しき刃引きした剣で稽古をしていた。それをひとりの和人が眺めていた。

蔵の一部には、寅吉が言うように交易の荷が積んであった。だが、ふだんは阿蘭陀人たちが武術の稽古に使うのか、しっかりと固められた土間だった。広さは百数十畳ほどか。まるで野太刀流の道場のようだと空也は思った。

「初めて見ました。異人が剣術の稽古をしているところを」

火事があったせいか、どことなく緊張感に欠け、和《なご》やかな雰囲気があった。出入りを厳重に見張られた出島に敵が侵入してくることなど、まずあるまい。そのためか出島の阿蘭陀人たちは気晴らしに稽古をしている印象だった。

「高すっぽ、手合わせしてみぬか」

「こちらで稽古をしてよいのですか」

「そのつもりで来たのであろう」

と言った寅吉が稽古を見物する和人に声をかけた。

「前畑《まえはた》さん、この若い衆が松平石見守様の家来の大坂中也にございます」

「おお、寅吉さん、この若い衆の噂は聞きましたと」

と言いながら、前畑と呼ばれた和人がふたりのところに歩み寄ってきた。

「中也さん、この出島にもひとりだけ常住する長崎者がおられる。出島乙名の前畑蔵之助《くらのすけ》さんじゃ」

寅吉が空也に紹介した。

「なんとこの出島に長崎会所のお方が住んでおられるのですか」

「わしの仕事は、蘭人《らんじん》の買い物から雑用までこなす務めたい。ふだんは忙しかばってん、交易船が入っちょるときはたい、仲間の乙名から阿蘭陀料理の調理人やら火用心番まで、二十人もの仲間が交替で手助けに出島に入っとると。そうなると、わしは急に閑になる。ましてただ今は大火事のあと、なんもすることがなか」

前畑蔵之助が苦笑いした。

「それがし、こちらで稽古をしてようございますか」

「好きなようにやんない。そのうち蘭人もあんたさんにちょっかいば出すかもしれんたい。腕前を発揮してやりない」

前畑が空也に許しを与え、阿蘭陀の言葉か、稽古する異人たちに声をかけた。

空也はしっかりと固められた土間を草履の裏で確かめ、裸足になった。その様子が珍しいのか、阿蘭陀人たちが稽古をやめて空也の動きを見ていた。

空也は木刀だけを手に出島の蔵道場に立った。その姿勢で瞑目《めいもく》して神経を集中させた。ゆっくりと両眼を開けた空也は、直心影流の正眼《せいがん》に木刀を構え、素振《すぶ》りを始めた。

その様子を阿蘭陀人たちが好奇の眼で見ていた。武士が稽古をする姿を眺めたことがないのか、単調とも思える素振りを繰り返す空也を稽古用の剣で真似《まね》る者もいた。

「大坂さん、蘭人がたい、一緒に稽古ばしたかと言うとります」

「打ち込み稽古ですか。ならば竹刀《しない》に持ち替えます」

空也が木刀を竹刀に替えた。すると阿蘭陀人のひとりが前畑に何事か言った。

「刃引きではあるが本物の剣とそげん棒で突き合うてよかか、と心配しておりますと」

「結構です、と伝えてください」

空也は異人たちの稽古ぶりから、ラインハルト神父やカルバリョ卿と比べて技量に格段の開きがあることを見抜いていた。

ひとりの阿蘭陀人が稽古用の剣の切っ先を上下に震わせて、空也の前に立った。

空也が一礼すると相手も返礼し、間合いを定めて剣を構えた。

空也は正眼の構えで向き合った。

背丈はほぼ同じくらいだ。だが、体の厚みも横幅も空也の倍はあった。

しばし睨み合った。

空也は自ら仕掛けるつもりはない。相手の出方を見て対応を考えようと思っていた。

半身の構えの相手が前後に体を動かしながら、踏み込む機を窺《うかが》っていた。そんな動きを何度か繰り返した。

仲間たちがお国言葉で叱咤したか、不意に相手が踏み込んできた。

突きが伸びてきた。緩慢な突きで踏み込みも十分ではなかった。

空也は伸びてきた剣の切っ先の間合いを見切って弾《はじ》いた。すると相手がよろめいた。

仲間たちの激励の声が大きくなった。それに何事か答えた対戦者は、再び構え直すと一気に踏み込んできた。

空也は軽く弾いた。

すると相手は二の突き、三の突きを繰り出した。

丁寧に突きを弾き続けた空也は、相手が変化するのを待った。

幾たびか突きを繰り返したが、空也がまったく動じないことに苛立《いらだ》ったか、不意に大きな動きで突きから空也の胴へと剣を叩きつけてきた。

空也は引き付けるだけ引き付けて剣を、
ばしり
と弾いた。すると相手が剣を取り落として土間に転がった。

「わあっ」

と仲間たちが沸いた。

手を叩いて喜ぶ者もいた。

出島にいる阿蘭陀人の多くは、武官というより交易に通じた文官あるいは商官なのであろう。

空也は床に転がった相手に手を差し伸べて助け起こした。相手がなにか言ったが礼を述べたと考え、空也も会釈を返した。

空也は床に転がっていた稽古用の剣を手にして、重さや均衡を確かめた。する

と異人のひとりが仕草で、

「剣で試合をせぬか」

と空也を誘った。

「それがし、この剣を借り受けてよいのですね」

と前畑に訊くと、

「勝手が違おうもん、どげんするな、大坂様」

と唆《そその》かすかのように言った。

長いこと出島に暮らしていると、人情として異人たちの気持ちが分かるのであろう。またこの暮らしに同情しているのであろう。前畑の口調にはそのような温かさがあった。

「試しに異国の剣を使わせてください」

「よかよか、相手に華を持たせない」

と前畑が言った。一方、異人たちは空也が自分たちと同じ剣を用いると知り、張り切った。

二番手は空也より五寸は高い痩身《そうしん》の相手だった。どうやら今稽古をしている中ではいちばんの遣い手と空也には察せられた。

相手が間合いをとって半身に構えた。

空也は正眼の構えのまま、右手一本に稽古用の剣を緩やかに構えた。

異人の剣の構えには右構えと左構えがあることを、この道場に来て理解していた。同時に、野崎島で戦ったラインハルト神父も、海賊船に乗っていたカルバリョ卿も右構えであったことを思い出していた。

空也は体を正対にして半身には構えなかった。そのほうが足遣いに慣れていたからだ。

相手がすすっ、と間合いを詰めてきた。

相手の剣が一気に空也の剣を弾き、突きに転じようとした。そのことを空也は予測していたので、すぐに突きに来た剣先に自分の剣を合わせると、相手を押し込んだ。慌《あわ》てた相手が剣を引きはがし、間合いへと飛び下がろうと試みた。

だが、空也は相手の動きに合わせて、剣を柔らかい手さばきで押し込んでいったために、相手は致し方なくずるずると下がった。

驚きの声が上がり、仲間を鼓舞する仕草も起こった。

相手は顔を紅潮させてなんとか踏みとどまろうとしたが、いつの間にか板壁を背負っていた。

「えっ」

と驚きの表情を見せ、仲間たちから悲鳴が上がった。

空也がひょいと軽やかに飛び下がった。

得たり、と相手が体勢を立て直して一気に踏み込み、剣を左右に激しく動かしながら空也に反撃を加えようとした。

空也は相手の考えを読んでいた。

一見受けに回らされたようだが、

「後《ご》の先《せん》」

で相手の剣の動きを見てばしりと弾くと、相手の剣が虚空に飛んで土間に転がった。

さらに大きな悲鳴が上がったとき、蔵の道場に新たな人影が入ってきた。すると急に蔵道場の雰囲気が緊張に支配された。

空也も板壁へと下がった。

入ってきたのは阿蘭陀人ばかりではなかった。

松平石見守がいて、長崎聞役の羽織袴姿が和人の中に交じっていた。空也の力量を確かめに来た連中だった。その中にひとりだけ和人の女性がいた。町年寄の姪《めい》の高木麻衣だ。本日は白地の紬《つむぎ》か、単衣を清々《すがすが》しく着こなしていた。

「どうじゃ、大坂中也、異人の剣法は」

松平石見守が空也に訊いた。

「片手で剣を扱うのは妙な感じです」

その言葉を阿蘭陀通詞が新たな訪問者たちに告げた。

阿蘭陀商館長のウィルレムやエリザ号の船長らが何事か話して、ひとりの異人が本身の剣を携えて道場の真ん中へと立った。同時に麻衣が空也愛用の木刀を手に、

「中也さん、エリザ号一の剣の達人のマクシミリアンさんよ。蘭人ではないわね。私はフランス人と見たけど、たしかな腕前だそうよ。あなたがラインハルトともカルバリョ卿とも戦ったことを承知しているわ」

空也にしか聞こえない小声で囁いた。

「立ち合えと言われますか」

「中也さん、出島の道場に立ったのならば、こうなるのは致し方ないわね」

麻衣が稽古用の剣と木刀を交換した。

空也は手に馴染んだ木刀を握ってマクシミリアンに会釈した。すると相手も笑

みを返した。

木刀の空也とサーベル剣のマクシミリアンが一間半で対峙《たいじ》した。空也にとって初めての左構えの対戦者だった。そのうえ、空也はマクシミリアンがかなりの遣い手と直感した。

だが、いつもどおり平静に心身を保って打ち合うだけだ、と空也はゆっくりと直心影流の正眼に木刀を置いた。木刀の先端は、五尺六寸余のマクシミリアンの両眼の間につけた。

その構えを嫌ったか、マクシミリアンは、ゆっくりと左回りに動きながら剣の狙いを空也に定めた。

空也は正眼の構えのままに不動を保った。

異人たちの間から驚きの声が洩れた。

だが空也は、無人となった目の前の空間に木刀を構えたままだ。

マクシミリアンが空也の右脇、間合い一間のところに移動していた。だが、空也は動じることなく、正面に構えた木刀を保持していた。

異人同士が喋《しゃべ》り合った。そして、ひとりがマクシミリアンに、

「攻めよ」

と声をかけたようだった。だが、フランス人剣士マクシミリアンは、空也の周りをゆっくりとした足どりで移動し続け、ついには空也の真後ろに移動した。

再び出島の異人たちの間から声なき声、

「今だ」

攻めよとの要求が上がった。

だが、マクシミリアンは、空也の右側へと足を移す意思を示した。

「ああーっ」

という嘆声が洩れた。

その瞬間、麻衣は不思議な光景を見ることになった。

マクシミリアンの左構えの剣が空也の背を貫くように光に変化した。空也の体は左手に滑って切っ先を躱《かわ》し、木刀が岩場を下る奔流《ほんりゅう》のように翻り、虚空を突いたマクシミリアンの左手首を叩き、剣を飛ばしていた。

麻衣は坂崎空也の驚きの新たな一面を見せられた。

その場をただ森閑《しんかん》とした静寂が支配していた。

四

三十間堀の三原橋際で野太刀流薬丸道場を開いた新蔵は、この日、神保小路の直心影流尚武館道場の坂崎磐音に呼ばれて、道場ではなく庭続きの母屋を訪れた。昼下がりの刻限だ。

道場主の磐音はすでに母屋の書院にいて、尚武館道場の後見ともいえる速水左近《はやみさこん》ともう一人《いちにん》の武家と談笑していた。二人目は新蔵の知らない顔だった。

「おお、新蔵どの。大勢の門弟が入門され、野太刀流薬丸長左衛門兼武どのの武名が江戸に知れ渡ってきたそうな。祝着至極《しゅうじゃくしごく》にござるな」

磐音が笑みの顔を向けた。

「磐音先生、来客中でごわすか。後日、改めてお訪ねし申そ」

新蔵が磐音に言った。

「お一方はそなたも顔を合わせたことがあろう。わが坂崎家の身内の速水様にござる。遠慮はいりません」

磐音が新蔵を縁側から招き上げようとした。

新蔵は、速水左近が幕閣の要人のひとりと聞かされていた。また当代将軍徳川家斉の後見方であり、尚武館道場の先代佐々木《ささき》玲圓《れいえん》の剣友とも聞いていた。だが、磐音はもうひとりの武家を敢えて新蔵に紹介しようとはしなかった。

新蔵は顔の造りや落ち着いた挙動や召し物から、薩摩藩江戸藩邸の重臣のひとりではないかと察した。磐音が新蔵に敢えて紹介しないのは、なにか曰くがあるのだと思った。

新蔵は、薩摩拵えの刀を腰から抜いて縁側に上がり、その場に座して書院には入ろうとしなかった。

そのとき、無言の武家方の刀の造りが薩摩拵えではないことを見てとっていた。ということは薩摩藩島津家の関わりの者ではないのか。新蔵は迷った。

「あら、新蔵さん、お見えになっていたのですね。お茶をすぐにお持ちしますね」

睦月《むつき》が言いながら、茶菓を載せた盆を三人の前に置いた。

「睦月様、兄御は息災《そくさい》でございもすか」

無口な新蔵だが、なぜか坂崎家の身内とは気取らずに話ができた。町人の出と聞かされた睦月の母親のおこんの気さくな人柄が、新蔵に自然にそのような態度をとらせていた。

「うちの剣術好きが長崎にいることは承知ですよね」

「中川英次郎どんから聞かされましたと」

「島巡りを終えた兄は、長崎に落ち着いているみたい。新蔵さんが江戸を気に入ったように、兄は長崎に取り憑《つ》かれたようよ。新蔵さんは長崎をご存じですか」

「おいは肥前《ひぜん》長崎を知いもはん。異人が出入りする町じゃろ」

「そのようですね。なぜか長崎奉行の松平石見守様の家臣として、偽名を使って長崎に逗留しているみたいよ」

睦月は新蔵と話すときは、おこんの口調を真似て気さくな口調に変えていた。そのほうが新蔵が構えないことを承知していたからだ。

「睦月様、高すっぽどんが長崎奉行の家臣にごわすか」

「なにか事情があって、そのように偽名を用いているのだと思います」

睦月が父親に視線を向けた。そこへおこんが新蔵の茶菓を持って姿を見せ、

「新蔵さん、道場が忙しくて神保小路にも小梅村にも顔を見せる暇がないのですか」

と笑いかけた。

「おこん様、そげんことはごわはんど。こちらに姿を見すっと尚武館に迷惑がかかっかもと考えて遠慮しちょっと」

と新蔵が応じた。

「うちに迷惑がかかると思って遠慮しているのですか。さような心配は無用ですよ」

と言ったおこんが、

「新蔵さんは、麓館の渋谷重兼様と眉月様を承知でしたね」

と不意に話柄を変えた。

「おこん様、おふたりのことは承知じゃっど」

「新蔵さん、あなたの目の前にいらっしゃるお方は、薩摩藩江戸藩邸の渋谷重恒《しげつね》様、眉月様のお父上ですよ」

おこんが渋谷重恒を紹介した。

新蔵が驚きの顔で重恒を見て、

「魂消たと。知らんことは申せ、失礼ば申しました。許してたもんせ」

と薩摩藩江戸藩邸の重臣に頭を下げた。それにしてもなぜ薩摩藩邸の重臣が尚武館の道場主や幕閣の要人と付き合いがあるのか、新蔵には理解がつかなかった。

「新蔵どの、そなたが三十間堀に道場を開かれた際、それがしが渋谷様にご相談申し上げたのです」

と磐音が言った。

「坂崎先生、おいが道場を開く一件を薩摩屋敷は承知でごわしたと」

「無益な諍いが上様のおられる江戸府内で起こっては、薩摩屋敷にもそなたにも、またそなたを仇《かたき》と狙う示現流のある一派にも決してよい結果は生じまいと思うてのことにござる。余計なこととは思うたが、ここにおられるお二方には、折りに触れて相談申し上げているのです。余計な節介を許してくだされ」

しばし新蔵が無言で思案に暮れていたが、

「おいはないも知いもはんじゃった」

と自嘲した。

「新蔵どの、勘違いなさるな。ただ今の野太刀流薬丸道場の繁栄は、そなた、薬丸長左衛門兼武どのの実力と努力の賜物にござる」

磐音の言葉に新蔵は素直に頷き、頭を軽く下げた。

渋谷重恒は、野太刀流の暴れん坊薬丸新蔵が坂崎家では礼儀を心得て、言動も素直なことに驚きを隠せなかった。これまで数々聞かされた新蔵の行為は、

（なんであったのか）

と戸惑っていた。

「薬丸どの」

渋谷重恒が初めて新蔵に声をかけた。敬称をつけたのは、新蔵がもはや薩摩藩とは関わりがないとの考えからであろう。

「最前、そなたは坂崎空也どのが長崎奉行松平様の家臣として長崎に逗留中と聞かされたな。なぜ武者修行中の空也どのが偽名を使わねばならないか、分かるかな」

渋谷が穏やかな口調で尋ねた。

「渋谷様、高すっぽどん、いえ坂崎空也どんの長崎滞在を、酒匂一派に知られまいとしたと違うやろか」

渋谷重恒が頷いた。

「坂崎空也どんには、どげな咎《とが》もなかですと、渋谷様」

「薬丸どの、その経緯はそれがしも父からの書状などで承知しておる。ゆえにもはや説明無用じゃ」

と渋谷が言い、

「先代の島津重豪様も当代の島津齊宣様も、一年半前の鹿児島での具足開きに端《たん》を発した諍いがこれ以上続かぬことを願うておられる。一方で酒匂一派は、そなた同様に藩を離れ、意地を通そうとしておる」

「渋谷様、おいから仕掛けることはなか。こいだけは約定《やくじょう》しもす」

「承知しておる。ただ、江戸藩邸内には、屋敷の近くでそなたが野太刀流の道場を開いたことを快く思わぬ家臣がおるのもたしかじゃ」

「道場を閉じよと申されますと」

「いや、さようなこと、江戸藩邸は考えておらぬ」

渋谷重恒はあくまで建前を告げた。

「最前、坂崎空也どのの長崎滞在が鹿児島に知られまいとしたと言うたな」

渋谷の言葉に新蔵が頷いた。

「鹿児島の酒匂屋敷に逼塞しておった酒匂家嫡男の太郎兵衛どのの姿が鹿児島から掻き消えたのだ」

「渋谷様、太郎兵衛様は長崎に向かわれたとじゃろか」

渋谷の返答には間があった。

「まずそう考えられる」

「ないがあ」

と新蔵が驚きの声を上げた。

「薬丸どの、酒匂太郎兵衛どののことを承知か」

「木刀《ぼっと》を交わしたことはなか。鹿児島の風説では、腕は親父どんを抜いておられるげな」

「それほどの腕前か」

薩摩藩士ながら江戸藩邸勤番が長い渋谷重恒が驚きの表情を顔に漂わせた。

東郷示現流は島津家の御家流儀だが、一門内で技量を競い合い、鹿児島といえどもその実態を知る者は少なかった。まして、重恒は江戸藩邸定府《じょうふ》といえる務めだった。それゆえ、鹿児島の、ましてや東郷示現流の実相を知らなかった。

「渋谷様、空也どんはこれまで酒匂兵衛入道様、三男の参兵衛様のほかに、酒匂派の門弟どんと尋常勝負をしのけておるげな」

新蔵の言葉に頷いた渋谷重恒がなにか新蔵に質《ただ》しかけたが、口を噤《つぐ》んだ。

「渋谷様、太郎兵衛どんと空也どんが戦うたら、どげんなるか知りたかと違うね」

重恒の胸中を察した新蔵が言葉にした。

「分かるか」

「渋谷様、おいにも分かいもはん。じゃっどん、空也どんは兵衛入道様と参兵衛様を斃した剣術家でごわんど」

「新蔵どの、空也はどこにいようと武者修行の身、生死は覚悟の前と自らの途《みち》を決めております。太郎兵衛どのと尋常勝負をせねばならぬ仕儀に至ったとき、力を尽くして戦いましょう。とは申せ、長崎にもふたりの戦いが避けられるならばと動いてくださる方々がおられることに、われらはただ感謝するのみにござる」

磐音の言葉に新蔵が頷いた。

「新蔵どの、本日、渋谷重恒様がわが屋敷にお見えになったのは、空也のことばかりではござらぬ」

新蔵が磐音の顔を見た。

「そなたには、酒匂兵衛入道どの次男次郎兵衛どのが差し向けられたそうな」

新蔵は磐音の言葉を聞いてもまったく顔色を変えなかった。

「坂崎先生、渋谷様、酒匂一派を憤激させたのは、このおいでごわす。空也どんはおいの相手ばしただけじゃっと」

「薬丸どの、そなたがなんと言おうと、坂崎空也どのはすでに諍いに巻き込まれておる。藩は穏便に事を鎮めよとのことだが、無理であろうな」

渋谷重恒の言葉に新蔵が頷き、

「無理でごわんそ」

と言い切った。

「ただし新蔵どのから次郎兵衛どのに刃を向けることはござるまい」

「磐音先生、そいはなか」

と言い切った。

磐音がこの場に速水左近を立ち会わせたのは、薩摩の江戸藩邸と薬丸新蔵の双方がこの諍いに積極的に関わることがないということを、公儀に承知しておいてもらうためだった。

薬丸新蔵が坂崎磐音の屋敷に呼ばれた用事は済んだ。

「新蔵さん、訊いていい」

と、その場におりながら、口を挟まず話を聞いていた睦月が新蔵に乞うた。

「睦月様、そん問いには最前の返答を返すしかなか」

「分かるのですか、私がなにを尋ねたかったか」

「違《ちご》ちょいもすか」

「兄と太郎兵衛様、新蔵さんと次郎兵衛様、どちらが仕掛けるかは別にして、戦わずには済まないのね」

睦月の問いに新蔵がこくりと首肯した。

麓館では急に江戸へ旅立つことになった渋谷眉月がその日、六之丞を供に麓《ふもと》飛《とび》鎌《かま》神社に詣《もう》で、麓館に滞在した歳月を感謝した。この地でひとりの若者と知り合ったことの礼をなすために参拝したのだ。

昨日、鹿児島からの急使が、川内川《せんだいがわ》河口京泊の湊《みなと》に薩摩藩の御用船が着くことを知らせてきた。その帆船には眉月の祖父が乗船しており、眉月たちとは京泊で合流し、長崎に向かう手筈《てはず》になっていた。

「眉姫様、高すっぽは長崎におりましょうな」

「眉が文を書いて知らせたのです。必ずや待っておられます」

「殿の船はもはや京泊に着いておりましょうか」

「船旅は風任せと教えてくれたのはだれ」

「は、はい。この六之丞が眉姫様にお教えいたしました」

「川内川を下ってみれば分かるわ」

ふたりは麓館に戻り、江戸へと向かう従者三人を加えたのち、改めて川内川の船着場に向かった。

夏の陽射しが中天にあった。

大勢の見送りの人々と船頭三人が乗る川船が、一行を待ち受けていた。

二年半も前、枯れ葭《あし》の中に半死半生《はんしはんしよう》の坂崎空也を見つけた折りに乗っていたのと同じ船であった。

「眉姫様、下り船です。夕暮れ前には京泊の湊に着きますでな」

主船頭が眉月に言った。

「案じないで。船旅は大好きなの」

と言った眉月の視線は、空也を見つけた青々とした葭の原に向けられていた。

あの日から運命《さだめ》は変わったと、眉月は川内川の上流から流れ着いたひとりの若者に想いを馳せていた。

「さようなら、麓館」

眉月は見送りの人々に頭を下げた。

「眉月様、また麓館に戻ってきてくだされよ」

村長の言葉に手を振り返し、川船は川内川の流れに乗った。だが、この川船は曾木《そぎ》の瀑布《ばくふ》の手前で川岸に着けられた。そこには多くの人足たちが待っていて、岸辺に上げた空船を担ぎ上げ、曾木の瀑布の下まで担ぎ下ろした。その作業に半刻を要した。

再び乗船した一行は、一気に京泊へと流れを下っていった。

眉月の眼差しは、曾木の瀑布の岩場に立つ一本松に向けられていた。国境見廻り衆の外城衆徒《とじょうしゅうと》に拉致《らち》された眉月を、当時まだ高すっぽと呼ばれていた若者が獅子奮迅の働きで救い出してくれた思い出の地であった。

「眉月様、あの戦いの折りもかようた陽射しの夏でございましたな」

六之丞が眉月の視線の先を見ながら話しかけた。

「一年前のことね」

「そう去年の夏でございました」

「長崎で会えるのよ、高すっぽに」

「はい、坂崎空也どのと会えます」

「最後に別れたのは八代の湊だったわね」

「さよう、いずこへ向かうか行き先も分からぬ帆船を見送りましたぞ。それがし、いつも高すっぽを見送ってばかりです」

「そうですね。こたびは私たち一行を空也様に出迎えてもらいましょう」

と言った眉月に六之丞が、

「坂崎空也の武者修行の旅も四年目を迎えます。空也どのもわれらと一緒に江戸へ戻られませぬか」

と言い出した。

「武者修行に決められた歳月はあるの」

「己が得心したときに武者修行の旅を打ち切るのでございましょう」

「空也様が得心なさらなかったら、眉は生涯空也様を待ち続けねばならないのですか」

「さあて、これればかりはそれがしにも答えられませぬ。姫、長崎で高すっぽに会われたとき、直に質してみてはいかがですか」

六之丞の言葉を眉月は長いこと思案して、
こくり
と頷いた。

この夕暮れ前、大きく広がった河口の一角にある京泊の湊に川船が到着しようとしていた。

舳先に立つ助船頭《すけせんどう》が、

「京泊に着いたぞ」

と主船頭に報告した。

「佐介《さすけ》、薩摩藩の御用船はおるか」

主船頭が問い返したとき、

「おお、丸に十《じゅ》の字の旗標《はたじるし》を帆柱に掲げた帆船が見えますぞ。殿様がお乗りの船ではございませんか」

全員が薩摩藩の御用船と思しき船影を認めた。

不意に帆船の主甲板から河口の空に向かって花火が上がり、眉月一行に待ち船であることを教えた。

「眉姫様、殿が船上から手を振っておられますぞ」

随行の若侍、宮本源太郎《みやもとげんたろう》が渋谷重兼の姿を認めて眉月に教えた。

「爺様、お元気ですか」

眉月の声が夏の川内川河口に涼しげに響いた。

第三章　長崎の眉月

一

その日、空也は福岡藩黒田家の長崎屋敷にある道場で、日課となった稽古に励んでいた。

季節が移ろい、いつの間にか長崎御番は弐番々《にばんばん》へと交代し、新たな黒田家の手《て》練《だれ》たちが長崎での務めを果たしていた。ゆえに空也にとっては相手が一新され、気持ちも新たになって稽古に励みが出た。

空也は長崎に来て以来、人前で薩摩剣法の稽古を行うことを封印していた。幼い頃から見よう見真似、そして、道場入りが許されたのちには父の指導で身につけた直心影流の基《もとい》の技とかたちを、また武者修行に出て指導を受けたタイ捨《しや》流などを加味しての技で、黒田家道場の稽古に取り組んだ。

また福岡藩の御番衆の中には江戸の神保小路尚武館道場に通い、稽古をしていた連中の顔もあった。さりながら彼らは壱番々の面々から長崎における坂崎空也の立場を聞かされているらしく、

「長崎奉行松平石見守家臣大坂中也」

として遇し、稽古に付き合ってくれた。

弐番々に空也が稽古相手として馴染んだ頃、初めての顔が空也の前に姿を見せた。

黒田家の御番衆組頭のひとり納冨鍊太郎《のうとみれんたろう》だ。

「大坂どの、稽古を願いたい」

納冨が空也に稽古を求め、空也も快く受けた。

四半刻の稽古が終わったとき、

「大坂どの、いささかお話がございます。稽古を終えられたあと、わが御用部屋においでくださいませんか」

と誘われた。

空也は、かつて納冨を尚武館に紹介したのが松平辰平《まつだいらたつぺい》と承知していた。ゆえに

話とは、空也にとって兄のような間柄である松平辰平のことかと推量した。

稽古着から着替えた空也が若い門弟に案内されて黒田家長崎屋敷の御用部屋に通ると、そこには納富とその上役である外村忠勇《そとむらただとし》がいた。外村も何度か尚武館に出稽古に来た顔だったが、年齢が離れていたために空也と手合わせすることはなかった。

空也が会釈して客間に腰を落ち着けると、外村が、

「大坂どの、いや、ここでは坂崎空也どのと呼ばせてもらうが、よろしゅうござるかな」

と断わった。

空也は頷いた。

「空也どの、見違え申した」

外村が感激の声を発した。

「それがしの知る空也どのは少年の面立《おもだ》ちであった。じゃが、今や一廉《ひとかど》の剣術家ですな」

外村の言葉を空也は黙したまま笑みを浮かべて受け止めた。

「武者修行の険しさが偲《しの》ばれます」

「外村様、未だ迷いの中におります」

「とは到底思えぬ。福岡にて壱番々の面々からそなたの技量について聞かされてきた。その言葉が本日、そなたの稽古ぶりを見て分かり申した。剣術家坂崎空也どのは、われらの前ですべての手の内を、当然のことながら見せてはおられませぬな」

空也は問いとも断定ともつかぬ外村の言葉には応じなかった。

「そなたの立場を聞かされました。刺客に狙われておられるとか。その若さでようも耐えておられる。感心いたす」

「外村様、武者修行に出立《しゅったつ》したときから、命を捨てる覚悟はできているつもりでしたが、現《うつつ》の事柄にあれこれと接したとき、己の甘さを思い知らされました。未だ行ならずです」

「坂崎空也どの、その若さで修行が成ったとしたら化け物ですぞ」

と外村が笑った。

「われら長崎弐番々、壱番々がなし得なかった、坂崎空也どのが全力で技をご披露できる場をつくりとうござる」

「外村様、空也を褒め殺しになさるおつもりですか。己の力は己がいちばん承知しております」

空也が苦笑いして納冨に視線を移した。

「お帰りの際に書状をお渡しします」

空也は書状の書き手がだれか察した。

「松平辰平どのは、ただ今福岡にて藩務に勤《いそ》しんでおられる」

外村が言った。

「重臣方は松平辰平どのに、長崎に御番衆を率いて行かぬかと打診されたそうな。じゃが、松平どのは断わられた。その意がお分かりか」

「おぼろに松平辰平様の心遣いが察せられます。それがしの武者修行を煩《わずら》わせてはなるまいと思い、断わられたかと存じます」

「松平辰平どのは、そなたの身内同然の者にして、かつて武者修行をなした先達であるそうな」

「それがし、長兄に等しい松平辰平様が歩んだ道に従うております」

空也の言葉に納冨が、

「松平様は、それがしが見ずともただ今の坂崎空也どのの力量は察せられる、ゆえにそれがしが長崎に行く要はないと申されました」

と言い添えた。

「それがしが物心ついて以来、辰平様には父と同様に指導を受けて参りました。人の情としては松平辰平様にお目にかかりとうございます。されど未だ道半ばの坂崎空也をこれ以上惑わせてはなるまいと、辰平様はお考えになったのでしょう」

空也の言葉に納冨が頷き、

「尚武館の長兄と弟、言葉は要《い》らぬか」

と外村が言った。

「空也どの、われらが長崎御番を務め終わるまでは長崎にいてくだされよ」

と外村の言葉で用事は終わった。

納冨がいったん姿を消し、空也が玄関に出たとき、松平辰平のぶ厚い書状を持って再び顔を見せた。

「空也どの、長崎に来られることを松平様はひどく迷われたのです。この書状をそれがしに託する折り、胸中を吐露されました」

納冨の言葉に空也は大きく頷き返して辰平からの書状を受け取った。

「空也どの、それがしもそなたの真の力量に触れてみとうござる。ただ今のそなたには凄みと申せばよいのか、そのようなものが備わっておる。それがしの勝手な推測じゃが、真剣勝負の修羅場《しゅらば》をぐり抜けた者だけが発する凄みじゃな。違うかな」

「はて、当人は毎日の稽古に精一杯で、さようなことを考えたことはございません」

と答えた空也がふと思い付いたことを納冨に質してみた。

「納冨様、わが父にそれがしの五体から発するものと同様の凄みを感じられたことはございますか」

「なにっ、そなたの父御、坂崎先生に凄みを感じたことがあるかと問われるか。それがしにとって、剣術家坂崎磐音様は雲上人《うんじょうびと》。さようなことを感ずるほど近くに寄ったこともござらぬでな」

と応じた納冨がしばし沈黙した。そして、大きく首を横にゆっくりと振った。

「おそらく近くに寄ったとしてもさような感じは持ちますまい」

こんどは空也が沈思した。

「納冨様は、父が発しないような凄みをそれがしに感じると申される。ということは、坂崎空也の修行は未だならずです」

「なぜです」

「剣術家が凄みを発するようでは、腹を空かせた野犬と同じではございませんか」

「いや、それがしが申すことはいささか」

「異なりますか」

「はい」

ふたりは言い合って黙り込んだ。

「父はそれがしとは比べようもない修羅場をくぐり抜けて生きてこられました。にもかかわらず、その剣風は、居眠り剣法と呼ばれ、『春先の縁側で日向《ひなた》ぼっこをしながら居眠りしている年寄り猫』のようだと評されてきました。一方、倅は、武者修行に出て、凄みを隠す術《すべ》も身につけておりませぬ」

「空也どの、年長の納冨鍊太郎として申し上げます。お聞きいただけますか」

「むろんです」

「十九の空也どのは聞くところによると、外村様が言ったように薩摩の東郷示現流の高弟酒匂一派との勝負の最中だそうですね。さような険しい境遇に身を置く者は、夜、眠りに落ちる折りすら頭のどこかで襲撃を思い煩い、体を休めることさえ叶《かな》わぬものではございませんか。いえ、それがし、さような苛酷な境遇に身を置いたことがないゆえ、思い違いやもしれません。さりながら、人間だれしも修行中の身にあっては、打ち消せぬ煩悩やぎらぎらした闘争心をついむき出しにするのは当然のことでしょう。空也どのにそれがしが感じた凄みとは、かようなものとは違います。それがしが少年の折りの空也様を知っておるがゆえに感じた違いと申しましょうか、戦いの経験をいくつも積まれてきた、と感じたことを凄みと申し上げました。お分かりいただけましたか」

納冨の言葉の一語一語が空也の胸に突き刺さった。

「いかにもさようでした。父とそれがしを比べるのは愚かなことです。父には父の、長い戦いののち達した境地がございましょう。倅のそれがしは、未だ途次、修行の日々を重ねるしかございますまい」

空也の言葉に頷いた納冨が、

「生意気な言葉を連ねましたな」

「いえ、納冨様の言葉、肝に銘じます」

「空也どの、今のまま、毎日丹念に稽古をお続けください。歳月が重なった折り、空也どのの剣が必ず変わります。納冨鍊太郎、剣術の達人ではないがゆえに先のことが見えるのです」

と笑みを浮かべて空也に言った。

空也は別れの挨拶をすると黒田屋敷を出て、松平辰平の書状を懐に仕舞い、

(どこで辰平様の文を読もうか)

と考えた。

そのとき、前方から早足で歩いてくる長崎奉行所の密偵鵜飼寅吉の姿を認めた。

「大坂中也どの。そなたに客人じゃぞ」

寅吉が叫んだ。

「それがしに客人ですか」

「見目麗《みめうるわ》しい娘御じゃぞ」

「渋谷眉月様がお見えになりましたか」

空也の言葉が変わった。

「そういうことだ。そなた武者修行中ではなかったか。あのような姫様といつ知り合うたのだ」

「寅吉どの、渋谷様は、過日書状をくだされたお方。眉月様はその孫娘です。眉月様はどちらにおられますか」

「出島前にある奉行所西役所でお待ちだ。渋谷様は奉行の松平様と談笑なされておるそうな。わしは使いゆえ、それ以上のことは知らぬ」

「では、寅吉どのは眉月様にお会いになったわけではないのですね」

「ちらりと遠目に見ただけじゃ」

「それで、見目麗しいなどと、いい加減なことを申されましたか」

ふたりは早足で西役所に向かいながら話した。

「高すっぽ、見目麗しいなどというものは世辞のようなものである。若い娘にはこう申しておけば間違いない」

寅吉が都合のいい言辞を弄した。

「驚きました。長崎奉行所の密偵どのが、これほどいい加減なお方とは思いませんでした」

「そなた、ふだん以上に早足ではないか。娘御とはどのような関わりか」

「渋谷様と眉月様は、それがしの命の恩人です」

「ということは、川内川で助けてくれたのが、そのお二方か」

寅吉は、空也と対島《つしま》で出会った折りに交わした会話を思い出した。

ふたりが長崎奉行所西役所が見えるところまで来たとき、大波止の船着場に一隻の帆船が停まっていた。帆は下ろしてあったが、帆柱に、丸に十の字の旗標が陽射しを受けてなびいていた。船名は大隅丸《おおすみまる》と読めた。渋谷一行が乗ってきた船だろう。

「おい、高すっぽ」

船から宍野六之丞の声がした。

「おお、六之丞どのではないですか」

六之丞が船板を飛ぶように渡って空也のもとへ来て、しげしげと五体を眺めまわし、

「また一段と大きくなったのではないか」

と驚きの声を洩らした。

「長崎に来て美味《おい》しい食い物を頂戴しております。島巡りの際に腹を空かせて寒さに震えていたのが嘘《うそ》のようです」

「そうではないぞ、高すっぽ。そなた、剣術家として一段と成長したのだ。ゆえにそれが体の大きさに表れておるのだ」

と六之丞が言い切った。

「六之丞どの、こちらは長崎奉行所の鵜飼寅吉どのです。こちらは」

と寅吉と六之丞に互いを空也が紹介した。

「まずは高すっぽ、そなたを渋谷様のところへ案内いたす」

寅吉が先に立とうとした。

「六之丞どの、後ほど積もる話をしましょうか」

「殿と眉姫様は上陸して旅籠《はたご》にお泊まりになるがな、われらは大隅丸に寝泊まりいたす。夜どおしでも話ができるぞ」

と六之丞が言い、空也は寅吉に従った。

空也は、陽射しが落ちる中庭に面した奉行の御用部屋から聞こえる渋谷重兼の懐《なつ》かしい声を耳にした。

「お奉行、大坂中也どのをお連れしました」

と廊下から声をかけた鵜飼寅吉の体が竦んだのを空也は見た。

「こちらへ通せ」

松平石見守が寅吉に命じて、

「そなた、なにをしておる」

と質した。

「いえ、なにも」

と狼狽《ろうばい》した体《てい》の寅吉が後ろに下がり、空也が廊下に座しながら眉月に会釈して、渋谷重兼に視線を移した。

「渋谷様、ご壮健の体、坂崎空也、慶《よろこ》ばしゅうございます」

「そなたも元気そうじゃな」

「はい。長崎奉行松平様のご厚意により、ご当地にて大過なく修行に励んでおります」

「それはなにより」

と言った渋谷重兼が、

「坂崎空也、それがしがそなたの声音を聞くのは初めてじゃのう」

と質した。

「薩摩滞在の折りには、小賢《こざか》しい知恵を弄しました。失礼の段、幾重にもお詫び申し上げます」

空也は平伏した。

「空也、そなたに頭を下げられては、渋谷重兼、そのほうになんの注文も付けられぬな」

「殿様、なんぞ注文がございますか」

「それがしにはのうても、眉月にはあろう」

空也は改めて眉月に眼差しを戻した。

「眉姫様、ご心配をかけて申し訳ございません」

眉月が空也を正視し、

「眉は、空也様の身を案じたことはございません」

と言った。

「おや、余計な言葉でございましたか」

「眉は、空也様のお力を信じております」

眉月は言い切った。

「空也様に頼みがあります」

「なんなりと」

「なんなりと、とおっしゃいましたね。もし眉が武者修行を終わらせてくださいと願うたら、よき返答をいただけますか」

「はい、眉月様が信じておられる坂崎空也ならば、志を中途にしてやめるような真似はいたしますまい。もしそうなれば、眉姫様にこの空也は嫌われましょう」

と空也が答えるのへ、眉月が空也に目を向けたままにっこりと笑った。

「お、おい、あのお方は何者か」

寅吉が空也の袖を引っ張った。

二

その夜、渋谷重兼と眉月、さらには重兼のこたびの鹿児島への旅に同行した白《しら》木《き》軍兵衛《ぐんべえ》と宍野六之丞らを交えた麓館の主従一行は、大川《おおかわ》（現中島川《なかしまがわ》）に架《か》かる石造りのめがね橋のかたわらにある、旅籠なかしまにて会食をすることになった。

そして、その場に空也も招かれた。旅籠に泊まるのは重兼、眉月と小女《こおんな》のきくの三人だ。六之丞ら男衆《おとこし》は大隅丸で寝るという。

旅籠の二階座敷からは、西に傾いた陽射しを受けるめがね橋を見下ろすことができた。

「眉姫様、めがね橋はその形からそう呼ばれていますが、定まった橋名ではなく、酒屋町《さかやまち》の橋とも呼ばれています」

空也が高木麻衣から教えられた話を伝えた。

「空也様には長崎のあれこれを教えてくれる師匠がおられますか」

「長崎会所町年寄の姪御の高木麻衣さんが、なにも知らぬそれがしにあれこれと教えてくださいました。明日にも眉姫様に麻衣さんを紹介いたします」

「お願いします」

と眉月が答え、

「この石橋は古いのでしょうか」

と尋ねた。

「川に架かる石橋としてはいちばん古い橋だそうです。一説には正保《しょうほう》四年（一六四七）に洪水で橋が壊れたという記述があるそうですから、百五十年以上も前にこの石橋はあったのでしょう。その後は幾たびもの人水にも崩壊を免れて、長崎の人々に親しまれてきたのだそうです」

空也が麻衣からの受け売りを眉月に披露した。

折りからの満潮からか、大川には川舟が往来する光景が見られた。

「空也様は長崎がお好きなのですね」

「江戸とも鹿児島とも違う町の佇《たたず》まいです。そのうえ、長崎を警護する福岡藩や佐賀《さが》藩の御番衆がおられます。稽古相手には事欠きません」

「空也様が長居する町は、なにがなくても剣術の稽古ができる土地でなければならないのね」

眉月が、八代で別れたときよりさらに背丈が伸びた空也を見上げた。

「それがし、武者修行の身です。稽古ができるのがなによりです」

めがね橋を見下ろす二階の廊下には眉月と空也だけだった。

「空也様、島巡りで対馬に渡られたそうですね。高麗《こま》を見ることができましたか」

「それがしが想像していたよりも、対馬藩の北端と高麗の南端は近うございました。晴れた日でしたから陸影をしっかりと見ることができました」

「空也様は、眉の代わりに対馬に、私のご先祖様の血を確かめに行かれたのですね」

「島巡りに至ったときから、対馬の岬に立ってみようと考えておりました」

眉月が空也の手を握り、

「酒匂一派との戦いを避けるために島巡りをしただけではないのですね。空也様、ありがとう」

と囁くのへ、

「眉姫様はそれがしの命の恩人です」

と空也は答えた。

「高麗を見ながら空也様はなにを思っていたの」

「それは秘密です」

「眉にも言えないの」

「そのときがくれば必ず」

「話してくれますね」

そう眉月が空也に願ったとき、眉月に同行する小女のきくが、

「眉姫様、湯が沸いているそうです」

と誘いに来た。

「眉姫様、潮風に当たった体をさっぱりしてこられませ。それがしはこの長崎の景色を眺めております」

空也は眉月ときくを湯殿に向かわせた。

「おい、殿が湯に入っておられる。高すっぽもわしらと一緒に湯に入れと言うておられる」

と六之丞が声をかけてきた。

「これだけの旅籠です。男と女、別々の湯殿を持っているということですか」

「どうやらそうらしい」

「稽古でかいた汗は黒田屋敷の井戸端で拭ってきました。されど折角のお誘いゆえ湯に参りましょうか」

六之丞と空也は男湯に向かった。

なかしまは長崎でも大きな旅籠だ。江戸から来た要人や交易に来た商人たちも泊まる宿と思えた。脱衣場もなかなか立派だった。

「高すっぽ、長崎奉行所の長屋暮らしはどうだ」

「麓館を思い出します」

「なに、麓館の御長屋と似ておるか」

「およそ御長屋はどこも似ておりましょう」

「島巡りでは旅籠に泊まったか」

「漁師宿に幾晩か世話になったことがあります。そのほかには福江島《ふくえじま》では道場の長屋に泊めていただきました。旅の大半は、寺社の軒下や地蔵堂をお借りして仮眠するのです」

「武者修行も楽ではないな」

と言いながら空也と六之丞は洗い場に下りた。

「おお、洗い場も立派ですね」

「寺社の軒下暮らしでは、湯どころではあるまい」

空也と六之丞の話を聞いていたか、湯船の中から重兼の声がした。

「おや、湯煙でつい殿のお姿を見逃してしまいました」

空也と六之丞はかけ湯を使ったものの、湯船に主と一緒に入ってよいかどうか迷ったふうに立ち竦んだ。

「大坂中也どの、入られよ。積もる話もあるでな」

と渋谷重兼が言った。

「遠慮のう入らせていただきます」

空也はゆっくりと湯船に入った。

重兼の視線が、酒匂参兵衛との勝負で受けた刀傷に向いていた。

「もはや痛みはないか」

「この傷ですか。ございません」

「麓館を出て、幾多も修羅場をくぐったようじゃな」

「なんとか生き延びております」

「生き延びてくれんとな。父御も母御も悲しまれよう」

と重兼が言った。

空也の縁で、渋谷重兼が父と書状のやりとりをしていることを空也は承知していた。だが、空也は重兼の倅にして眉月の父重恒が己の父に会っていることまでは知らなかった。

「両親や妹は息災にしておりましょうか」

空也が重兼に尋ねた。

「そなたの身内に異変はない」

「とおっしゃいますと、高すっぽの身内のほかになんぞ懸念がございますか」

湯に入ってきた六之丞が尋ねた。

「懸念な。己が望んだことゆえ致し方あるまいが、薬丸新蔵が薩摩の江戸藩邸近くに野太刀流の薬丸道場を開きおったそうな」

空也も六之丞も初耳だった。

「なんと大胆なことを新蔵どんはやりましたな。江戸藩邸には酒匂一派と関わりのある藩士もおりましょう」

「江戸藩邸では、府内で騒ぎを起こさぬようきつく戒めておる。家斉様の正室は重豪様の娘御茂姫様じゃ。薩摩藩御家流儀に関わる揉《も》め事を江戸で起こさぬよう重豪様も強く望んでおられよう」

「酒匂一派は新蔵どんに手を出すとお考えですか」

「あやつ、最初からそこまで考えてのことかどうかは分からぬが、空也どのの父である直心影流尚武館道場の主、坂崎磐音様の庇護《ひご》を受けて道場を開きおった」

ひえっ、と六之丞が小さな悲鳴を上げた。

「渋谷様、江戸へ出た折り、新蔵どのはそれがしの父が坂崎磐音とは知らなかったはずです。それがしの父が坂崎磐音と気付くとすれば、それはずっとあとのことでしょう。父がその新蔵どのにどの程度の助勢をなしたか存じませぬが、それがしが薩摩で受けた恩恵とは比べようもございますまい」

空也が言い切った。

「薬丸新蔵、坂崎空也という剣術家ふたりは、寛政九年の鹿児島での具足開きの打ち合いにて、東郷示現流酒匂一派を敵に回した。咎《とが》あるなしにかかわらず剣術家の宿命であるとしか言いようがない」

重兼の言葉に頷いた空也が、

「新蔵どのはきっと切り抜けられましょう」

と言い、さらに尋ねた。

「渋谷様は、この一件で江戸へ向かわれますか」

「この一件も御用といえば御用じゃ」

重兼の返答に、薩摩藩と江戸幕府の間に介在する政《まつりごと》を空也は感じ取った。

「渋谷様、父に面会の節は、未だ行ならじ、とお伝えくださいませぬか」

重兼が空也を見た。

「武者修行を続けるか」

はい、と答えた空也が、

「渋谷様方は、いつまで長崎に滞在なされますか」

「明日、長崎の薩摩屋敷に出向き、長崎聞役西郷次右衛門に面談いたし、それ次第では明後日には長崎を出船いたす」

空也はしばし考えた末、

「明日、眉月様に長崎案内を約定いたしました。明後日出立となれば、さようなことは許されませぬか」

「眉月の長崎での用事の第一は、そなたに会うことであろう。眉月に付き合うてくれぬか。わしからも頼もう」

「必ずや眉月様を無事に船にお乗せするまで供を務めます」

空也は重兼に約定した。

この宵《よい》、麓館の渋谷一統と空也を加えた夕餉《ゆうげ》はなんとも和やかに時が流れ、五つ半（午後九時）に果てた。

渋谷重兼と眉月と小女のきくを旅籠なかしまに残して、空也らは、旅籠を辞去しようとした。

空也は見送りに来た眉月に、

「今宵はゆっくりとお休みくだされ。明日四つ時分（午前十時）にお迎えに上がります」

と言った。

「空也様が長崎を案内してくださるのですか」

「それがしでは頼りないようでしたら、強い案内方をお連れします」

「眉は空也様さえおられれば、何処《いずこ》なりとも参ります」

と言って眉月が微笑《ほほえ》んだ。

「高すっぽ、そなた、眉姫様をどこへお連れするつもりか」

旅籠を出てしばらく歩いた頃合い、六之丞が空也に質した。

「六之丞どの、いささか声が大きゅうございます。それがし、大坂中也ということをお忘れなく」

「おお、船旅のあとの酒に酔うたかのう。不用意であった、中也どの。で、最前のわしの問いへの答えはどうなった」

六之丞の声音が幾分潜められた。

「明日、わが長崎の師匠に、女連れにはどこがよいか尋ねておきます。ゆえにただ今はなんとも申し上げられません」

「うまく逃げおったな」

六之丞が悔しげに洩らした。

「そなた、大坂中也どのを信じておらぬのか」

麓館の小姓のひとり、鶴田《つるた》源平《げんぺい》が六之丞に質した。

この麓館の鶴田は、空也が意識を取り戻したあと、口が利《き》けないままに野太刀流の稽古に加わり、たちまち薩摩剣法を会得していく姿をそばで見てきた、いわば剣友だった。

「源平、信じておるぞ。ただな、話し相手が要るのではないかと思うただけだ」

「眉姫様は、六之丞など無用、邪魔なだけだと申されような」

「そうか、それがしは邪魔か」

六之丞が悄然《しょうぜん》と肩を落とした。

「それがしは、高すっぽが国境の久七峠で酒匂兵衛入道様と尋常勝負した折りの、たったひとりの立会人。そのうえ、八代では傷を負うた高すっぽの治癒に付き合い、船で遠のく高すっぽを見送ったのだぞ」

六之丞が自慢げに言った。

「それがどうした。八代を訪ねたのはそなたひとりだけか」

渋谷重兼に同行して鹿児島に行った白木軍兵衛が六之丞に質した。この中では最年長だ。

「むろん眉姫様がおられましたぞ、白木様」

「ほれ、いつもそなたはおふたりの邪魔をしておるではないか」

「そうか、やはり、それがしは邪魔だったか」

と六之丞が呟いたとき、空也は久しぶりに一行を監視する、

「眼」

を感じた。

長崎に来て以来、初めてのことだった。

だが、六之丞らは、そのような監視の眼に気付いているふうもなく、

「おい、六之丞、そなた、殿と湯に入ったな」

と軍兵衛が問うた。こちらも陸《おか》に上がり、久しぶりに酒を飲んだせいか、いささか酩酊《めいてい》気味だった。空也だけが一滴も酒を口にしていなかった。

「おお、白木様、殿のお背中をお流し申したぞ」

「だれがそのようなことを問うておる。われら、いつまで長崎に滞在するのか、それを訊きたいのだ」

「うむ、いつまでと申されたかのう、高すっぽ」

六之丞の声音がまた大きくなっていた。

「白木様、明日薩摩藩の長崎屋敷で長崎聞役の西郷様との面談が終われば、明後日にも出船したいというお言葉でございました」

「明後日、出船か。うむ、となると明日は一日、閑かのう」

白木軍兵衛もなにか考えがあるのか、黙り込んだ。

「軍兵衛様だけが長崎を知っておると、麓館でも鹿児島でも威張っておられたな」

と鹿児島に同行した小姓の一《いち》ノ瀬《せ》源之助《げんのすけ》が洩らした。

「おお、丸山《まるやま》遊郭の話か、よう聞かされたな」

六之丞が応じた。

空也は監視の眼が尾行者に変わったことを察知していた。そして、尾行者は、複数ではないことも感じ取っていた。

「うーむ、高すっぽと眉姫様に同道するのが邪魔というのならば、軍兵衛様に同行してもよいか」

六之丞がたちまち考えを翻した。

「六之丞、そなた、長崎の遊里を承知ではなかろう」

「一向に存じません。なんぞ格別なことがありますので」

「丸山の遊女にはな、厳格な格付けがあるのだ。まず、和人行《ゆき》だな。われらのような者が丸山に上がるとして、その相手をする遊女をこう呼ぶのだ」

「ほかにだれを相手にするというのです」

「六之丞、われらは長崎におるのだぞ。出島の阿蘭陀商館には異人たちがおる。その者を相手するのが阿蘭陀行だ。そしてな、唐人屋敷に赴《おもむ》く女郎を唐人行と区別しておるのだ」

「つまり、阿蘭陀行の遊女とは和人は遊べぬのですな」

「駄目だ。和人を相手にする遊女が格上、いちばんよろしいという者もいる。また、阿蘭陀行の遊女がよいという客もおる。たしかなことは、和人行の遊女は鹿児島などに比べて気位も高いでな、それなりの値を出さねば遊べぬということだ。六之丞、懐具合はどうだ」

うーむ、と六之丞が唸った。

もはや空也一行は大波止に足を踏み入れていた。

出島には灯りが点っていたが、番所は閉じられていた。

空也は尾行者が間合いを詰めてきたことを察していた。なんとしても白木軍兵衛らを大隅丸へ送り届け、独りになりたいと思った。

酒に酔った面々は、助けになるどころか却《かえ》って足手まといだ。お互いが刀を振り回して同士討ちしかねない。

空也は腰の一剣修理亮盛光の上刃を、軍兵衛らに悟られぬように下刃に変えた。

「おお、着いたぞ。水夫、船板を下ろせ」

六之丞が声を張り上げ、不寝番《ねずのばん》の水夫が船板を船着場に伸ばしてくれた。

「どうだ、高すっぽ、今宵は船に泊まらぬか」

六之丞が誘ったが、

「大坂中也、長崎奉行所の役人でござれば、無断の外泊は禁じられております」

と断わり、千鳥足の一行をともかく船に乗せた。

「水夫どの、ご苦労にござる。船板は揚げたほうがよかろう」

と注意すると、背後の尾行者を確かめた。だが、その瞬間には気配は消えていた。

この夜の尾行者が酒匂太郎兵衛か、あるいは酒匂派の門弟のひとりか、空也には判断できなかった。ともあれ長崎に追っ手が現れたことだけは確かだった。

三

翌朝、空也は大忙しだった。

長崎奉行所立山役所の剣道場で朝稽古を行い、いつもより早めに切り上げて井戸端で汗を拭い、長崎会所に高木麻衣を訪ねた。長崎が初めての渋谷眉月をどこへ案内すればよいか、知恵を借りに行ったのだ。

「高すっぽさんの顔がいつもと違うたい」

長崎の姉貴分ともいえる麻衣が笑い顔で茶化した。

「それがし、いつもと同じ顔ですが」

「そう思うておるのは、あんたさん、大坂中也さんだけたい」

と麻衣が応じ、

「渋谷様がお泊まりの旅籠はめがね橋際のなかしまたいね。ならばめがね橋から大川沿いに上流へ向かい、途中で二つの川が合流する桃渓橋《ももたにばし》辺りまでぶらぶらと歩いて行きない。そのあと、寺巡り。そうやね、禅林寺《ぜんりんじ》、深崇寺《じんそうじ》、浄安寺《じょうあんじ》、興福寺《こうふくじ》、延命寺《えんめいじ》、長照寺《ちょうしょうじ》、大音寺《だいおんじ》、大光寺《だいこうじ》、崇福寺《そうふくじ》など唐寺《とうでら》も混じえて見物し、最後は祇園社《ぎおんしゃ》に下ってこんね。昼近くになったらくさ、唐人街で昼餉《ひるげ》を馳走しない。もっともお姫様の口に唐人の食い物が合うかどうか」

麻衣が眉月を案じた。

「いえ、眉姫様は新しいことはなんでも試みられます。きっと喜ばれると思います。そのあと、どうしましょうか」

「そりゃ、長崎名物の南蛮甘味に案内せんね。高すっぽさんは、よう知っちょろうが」

「はい、カステイラならば福砂屋を承知です」

「そのあと、出島横の大波止に来んね、会所の船を用意しとるけん。長崎の内海を船でくさ、阿蘭陀帆船のエリザ号、唐船を見物して回るのはどげんね」

麻衣はあれこれと空也に長崎の見所《みどころ》を教えてくれた。

「麻衣さん、昼下がりの船遊び、麻衣さんもご一緒しませんか」

「邪魔じゃなかね」

と長崎の姉の麻衣が気にした。

「いえ、昼前の散策には眉姫様の小女も従うて来ましょう。それがし、眉姫様に麻衣さんを引き合わせたいのです」

しばし空也の言葉を吟味した麻衣が、

「眉姫様がそれでよろしいとおっしゃるならばたい、長崎の姉さんが船遊びの案内方を務めまっしょ」

と請け合ってくれた。

空也はその足でめがね橋際の旅籠を訪ねると、すでに玄関前に、きくと六之丞の姿が見えた。

「眉姫様はどうなされました。体の具合でも悪いのですか」

と空也が案じると、

「眉姫様はすこぶる息災じゃ。高すっぽ、そなたが参るのを最前から部屋にて待っておられる」

と言った六之丞が、

「きくがな、眉姫様に同道して世話をするというのだ。ならば、それがしもお供をしたほうが役目に沿うのではないかと思うたのだが、迷惑か」

六之丞が遠慮深げに言い出した。空也が予測していたとおりになりそうだった。

「長崎見物です。賑《にぎ》やかなほうがよいでしょう」

空也が応じるところに眉月が姿を見せた。

白地に摺《す》り込み絣《がすり》の涼しげな薩摩上布を着た眉月は、夏の陽射しを避けて菅笠《すげがさ》を手にしていた。空也も単衣の着流しに夏袴だ。

「空也様、三人連れでようございますか」

眉月は周りに人がいないか気にしながら、本名で空也を呼んだ。

「むろんです」

と答えた空也は、長崎散策の仕度がなった三人の足回りを確かめ、参りましょうかと、三人を川端に誘い出した。

「この川沿いをもう少し上流まで歩いて上がります」

麻衣が教えてくれたとおりに一行は長崎見物を始めた。

空也のかたわらにはぴたりと眉月が寄り添っていた。

その眉月が関心を示したのは三年前に流失した編笠橋の両岸に残る石垣だった。かたわらには歳月を経た松の老木があり、その界隈《かいわい》では編笠造りが盛んなのか、石垣の河原に新しく編まれた編笠が日干しにされていた。

「かような光景は麓館でも鹿児島でも見られません」

一行はそこから少しばかり上流に遡《さかのぼ》り、大川に銭屋川《ぜにやがわ》と西山川《にしやまがわ》が合流する二股に出た。そのあたりでは水車が回って流れの水を汲《く》み上げている。

「空也様、長崎は異人さんのおられる町と聞いておりましたが、かような古い川端があるのですね」

眉月は、大川沿いの長閑《のどか》な光景を眺めていた。

「眉姫様、これから流れを離れて寺町に参ります。内海に向いて唐寺が並んでおり、これまでとは違うた景色が望めます」

と空也が説明し、六之丞に尋ねた。

「重兼様は薩摩屋敷にはいつお出向きになられるのですか」

「昨日はそう申されたが、長崎聞役の西郷様を旅籠に呼ばれるそうだ。江戸の御用との関わりでそう考え直されたのであろう」

　六之丞が応じたとき、臨済宗妙心寺《りんざいしゅうみょうしんじ》派の禅林寺の山門が見えてきた。この禅林寺を皮切りに寺巡りを始めたが、六之丞が、

「高すっぽ、そなた、それほど寺参りが好きだったか」

　いささかうんざりした体で空也に文句を言った。

「それがしとて寺詣でが好みではございません。六之丞どのは長崎で訪ねたき場所がありますか」

「そりゃ、長崎に来れば丸山詣でであろうな」

「六之丞、丸山はお寺ですか、神社ですか」

「眉姫様、丸山は寺社ではなく、ゆう」

　と言いかけた六之丞が、自分の迂闊《うかつ》さに気付いて慌てて口を塞いだ。

「空也様は丸山を承知ですか」

「はい。そこがどのような場所か、六之丞どのが説明してくれましょう」

　空也から六之丞に視線を移した眉月が、

「六之丞、説明なされ」

　と迫った。

「いえ、あのその、さような場所には眉姫様やきくは立ち入りできません」

「えっ、ということは、遊里なのね、丸山は」

「きく、寺町の中でさような大声を出すでない」

眉月に睨まれた六之丞が、体を縮めて眉月から離れた。

「空也様はまことに丸山を訪ねられたのですか」

「望海楼《ぼうかいろう》という妓楼《ぎろう》に、長崎会所の麻衣さんの案内で参りました」

「驚きました」

と眉月が空也を見た。

しばしふたりは無言で寺町通りを歩いた。

六之丞もきくもふたりから間を置いて従っていた。えらいことを口にした六之丞は青菜に塩の体《てい》だ。

「眉姫様、それがしが遊里の望海楼を訪ねた曰《いわ》くをお訊きにならないのですか」

「眉とて遊里がどのような場所か承知です」

切り口上の眉月に空也が笑った。

「なにがおかしいのですか」

「眉姫様は勘違いをしておられる」

空也がふたりだけにしか聞こえない小声で言い、

「勘違いとはどういうことなの」

と眉月が問い返した。

「長崎に来てまもなく、麻衣さんに丸山の望海楼に案内され、そこで若き日の父が長崎を訪ねたことを教えられたのです。そして、その理由を大女将《おおおかみ》さんと当代の女将さんが話してくれました。長い話になりますが聞いてください」

「空也様のお父上がさような場所に。なぜでございましょう」

「われらが生まれる前の話です」

前置きした空也が、豊後関前藩を改革しようとした父や仲間たちが見舞われた悲劇から、父の許婚《いいなずけ》だった奈緒《なお》が自ら苦界《くがい》に身を投じた話を、さらには父がその奈緒のあとを追って長崎の望海楼を訪ねたが一足違いで小倉《こくら》に売られていて会えなかったこと、さらに小倉、赤間関《あかまがせき》、京《きょう》、金沢《かなざわ》へと追い続けたあと、奈緒への想いを断ち切らざるを得なかったことを話した。一方、江戸に身売りされた奈緒が花魁《おいらん》白鶴《はっかく》太夫として頂点を極めた事実を告げ、それから紅花大尽《べにばなだいじん》の前田《まえだ》屋《や》内蔵助《くらのすけ》に落籍されて出羽《でわ》国山形《やまがた》に赴き、三人の子をなしたことまでを語った。

茫然自失《ぼうぜんじしつ》して空也の話を聞いていた眉月の両眼が潤んできた。

「眉は、眉はそのような話とは知りませんでした。空也様、御免なさい」

「詫びることはございません。むろんそれがしも、関前藩の内紛は漠とはながら承知しておりました。ですが、さような悲劇が隠されていたとは夢にも考えぬことでした」

と応じた空也は眉月の手を取った。

「それがし、若き日の父の長崎訪問を知り、父の苦悩と諦《あきら》めの気持ちを思ってました」

眉月が涙を浮かべて大きく頷いた。

「その話を聞かされたとき、二十数年前の父のこの長崎での哀《かな》しみをそれがしも察しました。遊里には欲望だけが渦巻いているのではないのです。かような話も隠されておるのです」

眉月は空也に手を取られたまま、しばらく無言で歩いていたが、

「お尋ねしてよろしいですか。奈緒様はただ今どうしておられましょうか」

「奈緒様はただ今紅屋の店を江戸の浅草寺《せんそうじ》門前で開き、関前藩には紅花畑もお持ちです。そのうえ、わが家と奈緒様の一家は身内同然の付き合い。江戸へ戻られたら、それがしの母に、最上紅前田屋《もがみべにまえだや》のことをそれがしから聞いたと言えば、そ

なたを紅屋のお店《たな》に案内してくれましょう」

　大きく首肯した眉月が、

「眉は愚かでした。そのお蔭《かげ》で、かような美しいお話を知ることができました」

と微笑みの顔で空也を見た。

　頷き返した空也がふたりの従者を振り返ると、十間ほど離れたところで六之丞が空也を見ていた。

「六之丞どの、寺巡りは終わりにしましょう。その代わり、昼餉に唐人街に参りませぬか」

　と誘うと、

「眉姫様、同道してよろしゅうございますか」

　と眉月に尋ね返してきた。

「六之丞、こたびはそなたの戯言《ざれごと》を忘れてあげます」

　と眉月が言い、六之丞が安堵の表情を見せた。

　昼下がりの刻限、出島横の大波止に辿《たど》り着くと、空也には馴染みの長崎会所の船が空也一行を待ち受けていた。そして、艶《あで》やかな衣装の高木麻衣が、陽射しを遮《さえぎ》る帆のつくる影の下にいた。

「麻衣様、渋谷眉月です」

と眉月のほうから声をかけた。

「眉姫様、初めての長崎、いかがでございますか」

「魅了されました。船旅のご案内、楽しみにしております」

と眉月が願い、船板を渡って空也一行が乗り込んだ。

「眉姫様、長崎に触れた書物に、『蒼海広く　底深く　三方は高山』と称される
ほどの長崎の内海を、時が許すかぎりご案内しましょう」

と麻衣が言い、船頭衆に出立の合図を送った。

船が進み始めると、出島沖に停泊中の阿蘭陀帆船エリザ号から声がかかった。

麻衣が異人の言葉で何事か言い返し、最後は互いが頷き合った。

眉月が驚きの顔で、

「麻衣様は異人の言葉もお話しになれますか」

「長崎会所の屋敷で物心ついたのです。異人相手の交易ゆえ、異国の言葉も覚え
させられます」

麻衣が微笑みの顔で言った。

帆船はまず対岸の稲佐《いなさ》へと向かった。

「眉姫様、空也様は幸せなお方ですね」

「はい、どこへ行っても必ず手を差し伸べてくださるお方がございます。眉には不思議です」

「そのことは眉姫様がいちばん承知ではございませんか。薩摩入りした半死半生の高すっぽさんを献身的な看病で助けたのは、麓館の殿様と孫娘様ではありませんか。この一事を見ても坂崎空也は、人に助けられる、あるいは好かれるなにかを持っているのでございましょう」

「麻衣様と空也様は島巡りの最中に出会われたのですね」

「私が会ったのは、五島《ごとう》列島中通島《なかどおりじま》の奈良尾《ならお》という小さな漁村でしたが、なんとも背丈の高い若侍に武者修行をしていると聞かされて、最初は冗談かと思いました。それはそうでしょう、このご時世に武者修行なんて。それも辺鄙《へんぴ》な肥前の島々ですよ。この言葉が本気ならば、行き先を間違えていると思いました」

と言った麻衣が、

「ほら、あれが稲佐の浜です」

と教えた。

「眉姫様、過日あそこに見える稲佐嶽に麻衣さんに案内されて登りました。長崎を一望していたそのときのことでした。阿蘭陀帆船のエリザ号がゆっくりと曳き船に曳かれて入津してきたのです。空にはハタが揚がり、麻衣さんがそれがしを稲佐嶽に誘ってくれた理由が分かりました。本日は登る余裕はありませんが、次の機会に一緒に登ろうではありませんか」

「そのような日が参りましょうか」

眉月が期待をこめ、自問するように言った。

「眉姫様、異人の慣わしをお教えいたしましょうか。古代のゲルマン人には祝言《しゅうげん》を済ませたばかりの夫婦の一月《ひとつき》を蜜と月、蜜月と申して部屋に籠る習わしがあったそうです。子作りに励めという意味とか。それが近頃西洋の貴族の間では、蜜月の間に夫婦だけで旅をすることが流行《はや》りと出島で聞きました。どうですか、坂崎空也と眉姫様が祝言をなされたら、長崎へ戻っていらっしゃいませんか。歓迎いたしますよ」

麻衣が大胆なことを言った。

「麻衣さん、大変結構な話ですが、それがし、武者修行の身。それに眉姫様とそれがしが所帯を持つなど、だれの許しも受けておりませぬ」

「坂崎空也らしい言葉ね。一目見ればおふたりがお似合いだと分かるわ。なにより眉姫様は高すっぽの命の恩人よ。あなた方は夫婦になる運命《さだめ》にあるの」

と麻衣が言い切った。

「空也様、私は麻衣様のお考えに大いに賛成です」

と女ふたりに責め立てられて困惑顔の空也を、六之丞ときくが戸惑いの表情で見ていた。

帆船はちょうど西泊番所の前を通過しようとしていた。

「反対側に戸町番所《とまちばんしょ》があって船の出入りを監視しているの」

「私どもが乗ってきた薩摩藩の御用船もお調べがありました」

眉月が応じた。

「空也様、私、この長崎に残りたくなりました。麻衣様のもとで異国のことを学びます」

「それだけはご勘弁ください。それがし」

「武者修行の身でございましょ。麻衣様、武者修行は夫婦ではなりませぬか」

「異国に武者修行の習わしがありましょうか。あるとしたら、和国の公卿《くぎょう》にあたる貴族の間の習慣でしょうね。ああ、そうだ、最前、エリザ号の乗組員、副船長に近々立ち寄るように言われたのよ。今度立ち寄った折り、尋ねてみます」

眉月の思い付きを麻衣が本気で受けた。

この麻衣と眉月、最初からえらく気が合った。

なにより、ふたりで空也を話のたねにしていることが楽しくてしようがないように見受けられた。

空也は初心を忘れそうで、久しぶりに遊行僧《ゆぎょうそう》の無言の教え、

(捨ててこそ)

を思い出していた。

「高すっぽ、今宵、われら最後の長崎じゃぞ。最前の唐人街での昼めしも美味かったが、船に揺られて腹が空いてきた。どこで夕餉を摂《と》るな」

六之丞が空也に尋ねた。

「夕餉ですか。考えてもいませんでした」

「大隅丸のめしはまずくはないが、明日から江戸に到着するまでずっと食さねばなるまい。長崎らしい食い物が欲しいところじゃな」

六之丞は丸山を諦めさせられて食い気に走ったようだ。

「ご家来衆、ご案じなさらんと」

麻衣が六之丞に言った。

「最前、叔父に命じられましたと。皆さんを空也さんが案内している間に旅籠のなかしまを訪ね、眉姫様のお祖父様ご一行を夕餉に招きましたと」

「爺様はなんと答えられました」

「このほど長崎に立ち寄ったのは、孫の願いで坂崎空也の顔を見ることであった。それも済ませたゆえ、夕餉の招きに応じようとのお返事でした。その言葉を叔父に告げて、そなた様ご一行を大波止で待っていたのです」

と言った麻衣に眉月が応じて、

「六之丞、薩摩の麓館の家来は、丸山で遊ぶこととか、お腹《なか》の心配しかしていないと麻衣様に笑われるわよ」

六之丞に小言を言った。

そのとき、

「麻衣様、伊王島が見えましたぞ」

と舳先にいた水夫のひとりが麻衣に告げ、六之丞が助かったという顔をした。

四

「高すっぽさん、どこか眉姫様に見せたい場所はなかね」

麻衣の問いに、

「それがし、長崎を知りません」

と答えた空也が眉月を見て、

「眉姫様、どこか見たいところはございますか」

「空也様が行きたいところなら眉はどこへでも従います」

と笑みの顔で応じた。

しばし考えた空也が、

「長崎の内海をゆっくりと遊覧いたしましょうか。海から町を見ながらおしゃべりするのも悪くないでしょう」

と答えるのへ、

「ならば、あの伊王島にしばらく立ち寄って島の暮らしを見て参りましょうか」

と麻衣が新たな提案をした。

「麻衣様、伊王島はどのような島ですか」

眉月の問いに、麻衣が島に眼差しを向けて、

「この船から見ると島は一つの島のようにしか見えません。ばってん、伊王島と沖之島《おきのしま》の二つからなっていて、狭い瀬戸が二つの島を分けているとです。言い伝えでは、流刑された俊寛僧都《しゅんかんそうず》が亡くなられた島と言いますと。そん証に、島の長福寺《ちょうふくじ》にはお墓がございますと」

「麻衣さん、それがしは坊主やら寺はあんまり好きじゃなか」

いきなり六之丞が口を挟んだ。

「これ、六之丞」

眉月に窘《たしな》められた六之丞が慌てて口を手で押さえた。

「六之丞さんの気持ちは分かりますよ」

と笑った麻衣が不意に土地訛りを変えて空也と眉月に言った。

「この島は、私の母親の里なの。伊王島から長崎の町年寄高木の家筋に嫁に入ったんです。だから、両親が存命の折りは夏になれば母の実家の伊王島へよく行かされて、ひと夏を過ごした場所なんです」

「麻衣さん、初めてそなたの親御様のことを聞きました。ご両親は亡くなられた

のですか」

空也が尋ねた。

「両親は私が十一の折りに、伊王島に向かう途中、船が突然の荒波にのまれて転覆して亡くなったの。それで私は叔父の高木家に養女として引き取られて育ちました。父と母が波にさらわれたのはこの辺りかな」

麻衣が過ぎし日の出来事を淡々と語った。

空也らはまさか麻衣の口からそのような悲劇が語られるとは考えもしなかったために黙り込んでいた。

「伊王島の母の実家は、網元よ。母の弟が家を継いでいるの。家は湊のかたわらの高台にあるわ。ほら、あそこ」

麻衣が湊の高台にある、ひと際立派な屋敷を指さした。

「麻衣さん、いきなり押しかけて迷惑ではありませんか」

空也は尋ねた。

「そんな心配はないわよ、高すっぽさん」

と答えた麻衣が船頭に、

「島の湊に寄せて」

と命じた。

伊王島の麻衣の亡母の実家は、伊王島と沖之島の瀬戸と長崎の内海を眺め下ろす高台にあって、石垣造りに漆喰塀《しっくいべい》の敷地に建つ屋敷だった。

突然訪ねた眉月らを麻衣が当代の伊王十右衛門《いおうじゅうえもん》に紹介すると、

「おお、昨日やろか、薩摩の船が長崎に入っていったが、あの船に乗っておられたとな」

と眉月を見た。そして、

「島津重豪様も若か日にこん伊王島を訪ねられたと。そん重臣の渋谷重兼様のお孫さんな。美しかお姫様たい」

と言い添えた。

伊王島の浜に出た空也らは、しばし子供時代に戻ったように美しい海で無心に遊んだ。そのあと、新鮮な魚を馳走になって伊王島に別れを告げることにした。

すると十右衛門が眉月に、

「明日な、薩摩の船が江戸へ向かう折りには、伊王島にハタば揚げとくたい。眉姫様ご一行の船旅が無事であるように祈願してのハタ揚げたい」

と言った。

「十右衛門様、楽しいひと時でした。生涯この伊王島の夏を眉は忘れません」

との言葉に、

「よかよか。またな、こん高すっぽさんと一緒に長崎に来んね」

と空也と眉月の将来を見越したように言ったものだ。

一行を乗せた船は長崎の内海へと戻っていった。

「麻衣さん、なんとも楽しい一時でした。礼を申します」

「本日の高すっぽさんは、えらく神妙たい。眉姫様と別れるのがつらかとね」

麻衣が土地の言葉に戻って問い質し、空也がしばし間をおいて頷いた。そんなふたりの会話に眉月も、

「眉もこのまま長崎に残りとうございます」

と正直な気持ちを吐露した。

「空也様と眉姫様はどげん遠くに離れとってもたい、心は一つたいね。いつの日か、いんや近か日に一緒に暮らす日が必ず訪れることは間違いなか」

と麻衣が言い切り、若いふたりは首肯した。

出島沖に戻った長崎会所の船は、荷下ろしをする阿蘭陀帆船エリザ号の周りをゆっくりと回った。次々に荷を下ろして出島へと運んでいく作業が行われていた。

「眉姫様、阿蘭陀帆船で運ばれてきた荷はまず出島の蔵に納められる。その前に目利きが積み荷目録を見て、およその値踏みをして、品物の値を決める。これを持渡品直組《もちわたりひんねぐみ》と呼ぶの。そのあと、出島で和人の商人を集めて、品一つひとつに入札が行われるの。それでようやく阿蘭陀船の品が和国側に渡るわ。すべて長崎奉行所と長崎会所、それに阿蘭陀側が立ち会っての商いで、長い習わしに従っての交易ね。ばってん、私の説明はごくごく並みの値踏みと売り買いの本方《もとかた》商売。これとは別に、商館長やそのほかの商館員の役得として取り引きされる脇荷があるとです。本方商売は、砂糖、蘇木《そぼく》、白檀、丁字、羅紗《らしゃ》、更紗《さらさ》、金巾《かなきん》、海黄《かいき》、鮫皮《さめがわ》の類ね。脇荷商売には、ぎやまんの器、時計、眼鏡、医師が使う手術道具やら薬、値の張るものが多かとです。そんため利も大きかですたい」

麻衣が眉月に懇切に説明した。空也はすでに麻衣から聞いて承知していた。ために麻衣の言葉は眉月に向けられたものだった。そして、

「時に珍しいらくだ、象、馬まで船で運ばれてくるとです」

と言い添えた。

「らくだや象なんて絵双紙《えぞうし》でしか見たことないわ」

「眉姫様、出島には南国の鳥やら珍しい犬や豚、鶏まで飼われていましたぞ」

「空也様は異人の住む出島に入ったの」

「それがし、表向きは長崎奉行松平様の家来大坂中也ゆえ、出入りが許されたのでしょう。おお、そうだ」

と空也が不意に思い出した。

「どうしたの、空也様」

「それがし、着たきり雀で長崎に入ったにもかかわらず、麻衣さんが、長崎奉行の家来が臭《にお》いのする衣服では奉公にはなりませんと、かような夏小袖や袴を仕度してくれたのです」

「それで綺麗《きれい》な衣服で眉を迎えてくれたのね」

「眉姫様、阿蘭陀商館から異人の衣装を一式、頂戴したことを話すのを忘れておりました。そのうえ、拵えの立派な短剣も頂戴したのです」

麻衣が本当の経緯ではなく、出島を訪ねた折り、異人の剣士たち数人と異人の剣を用いて立ち合ったからだと眉月に説明した。辻斬りを働いた神父剣士を空也が斃したお礼と言えば、眉月に不安を与えてしまうと考えたからだろう。

「空也様は異人さんとも剣術で話をするのね。そのうえ、衣装やら短剣まで頂戴するなんて」

「眉姫様、長崎には江戸からも、福岡藩、佐賀藩からも大勢のお武家方が来られますと。ばってん、こげん高すっぽさんのごと、異人に好かれる人は初めてたいね。おかしか話たい」

「麻衣様、空也様の人柄を異人さんも分かってくれるのではありませんか」

「そうやろね、そうとしか考えられんと」

と言って女ふたりが顔を見合わせた。

そのとき、エリザ号から声がかかった。

操舵場で荷揚げ作業を監督している船長だった。麻衣が異人の言葉で応対していたが、

「上がってこないか、と言っているけど、荷揚げ作業の最中ゆえ断わったわ。今年一隻だけ旗合わせした阿蘭陀の交易船よ。なにがあってもいけないものね」

と麻衣が船長との会話を説明してくれた。

「麻衣さん、最前の説明ではこの船の荷は表商いですね」

六之丞が麻衣に質した。

「抜け荷のことを聞きたかとね、六之丞どん」

麻衣の反問に六之丞が頷いた。

「異国との交易を公儀は許してないけど、薩摩は琉球口《りゆうきゆうぐち》と称して異国の品をあれこれ異人から購入しているわね」

「それと同じような商いはこの長崎では行われていないのですか」

六之丞の問いに麻衣はしばし間を置いた。

「脇荷商売のほかに抜け荷商売もないことはない。そのような抜け荷がどれくらいあるか、長崎奉行も正確には摑んでいないけど、本方商売、脇荷商売に抜け荷が混じっていることは、承知よ。六之丞さん、その程度しか答えられないわ」

「すまんことを訊きました。殿がおられればこっぴどく叱《しか》られたことでしょう。西国の大名家は大なり小なり、抜け荷商売に関わりがあるのは知られたことですからね」

と六之丞が答えた。

「高すっぽさんは福江《ふくえ》藩と人吉《ひとよし》藩の抜け荷船に乗って、唐船との商いを見てきたんじゃなかったの」

と麻衣が空也に質した。

「えっ、空也様が抜け荷に関わられたのですか」

「眉姫様、武者修行を受け入れてもらうためには、あれこれ目を瞑《つむ》ることもあります。それがし、用心棒の役目で抜け荷船に乗り込みました」

「呆《あき》れました」

眉月が両眼を見開いて空也を見、六之丞が、

「用心棒の役目を果たせたか、高すっぽ」

と問うのへ、

「はい、なんとか」

と空也が答えた。

「眉姫様、お願いがございます。男と女の間では見て見ぬふりをするのもやむをえぬことがあるかと存じます。坂崎空也様の武者修行は、まっとうな剣術家を相手にする勝負ばかりではございません。この麻衣が知る坂崎空也様の戦いはほんの一部でございましょう。それほど数多《あまた》の修羅場をくぐってきておられます」

麻衣の言葉に眉月が大きく頷き、不意に眉月の手が空也の手に重ねられた。

「必ずや江戸のご両親のもとへ、そして、眉のもとへ帰ってきてくださいませ」

哀願するような眼差しで見つめた。

この日、薬丸新蔵は、幸橋《さいわいばし》御門内の薩摩藩江戸藩邸に呼ばれた。新蔵が薩摩

屋敷に呼ばれるなど初めてのことだ。

約定は八つ半（午後三時）だった。

門番に訪《おとな》いの旨を伝えた。

「なに、おぬし、江戸家老に呼ばれたと申すか」

「かような書状がわが道場に届いておりました」

と薬丸道場の玄関にぽつんと置かれていた書状を見せた。宛て名は、「薬丸新蔵」

と呼び捨てだ。差出人の名は薩摩江戸藩邸江戸家老とあったが、名前などなかった。

「薬丸新蔵、おお、おぬし、野太刀流道場を三原橋際で開いた者か」

門番は新蔵が道場を開いたことを承知か、足元から頭まで睨《ね》め回した。

「いかにもさようでごわす」

「ここにて待て」

と門の外で半刻ほど待たされたあと、ようやく屋敷の中に通されたが、さらに内玄関の供待部屋《ともまちべや》で一刻（二時間）ほど放っておかれた。むろん茶一つ出るわけでもなし、若侍ひとり、応対に姿を見せるわけでもなかった。

薩摩の下士だった者がどのような扱いを受けるか、覚悟をしていた新蔵は、ひたすら我慢して待った。供待部屋で二刻が過ぎようとしたとき、小姓がいきなり姿を見せて、

「薬丸新蔵、ついて参れ」

　と案内する様子を見せた。

「ちと待ってたもんせ。厠《かわや》を貸してたもんせ」

「なに、厠とな」

「夏とは申せ、二刻以上も待たされ申した」

　小姓が致し方ないというふうに厠に案内した。新蔵は小便がしたかったわけではない。人を呼んでおいて二刻以上も放ったらかしにする魂胆にいささか抗《あらが》ってみたかっただけだ。出ない小便をなんとかなし、小姓を待たせて悠然と手水鉢《ちょうずばち》で手を洗った。

　すでに刻限は五つ（午後八時）を迎え、夏の陽射しは西に沈んでいた。

「お待たせし申した」

　と小姓に応じると、十七、八と思える小姓が着古した羽織袴姿を改めて見て、蔑《さげす》みの眼差しを向けてきた。

拝領地六千八百五十八坪の江戸藩邸の奥へ連れていかれたときには、中庭は宵闇に包まれていた。

「薬丸新蔵を連れて参りました」

小姓が書院風の座敷に声をかけ、新蔵に廊下に座すよう手で命じた。

薩摩拵えの刀を手に廊下に腰を下ろした。

三人の重臣が新蔵を見ていた。だれひとりとして新蔵に覚えはない。また相手も名乗ろうとはしなかった。声をかけるふうもない。致し方なく、

「薬丸長左衛門兼武にごわんど」

と名乗った。だが、三人が口を開く様子はなかった。ただ、こちらの様子を眺めていた。

「用がなかごたる。帰っがよかかな」

「新蔵、おはん、渋谷重兼様を承知か」

「知いもはん」

面識はあったが、新蔵はあえてそう応じた。

「知らぬというか」

「知いもはん」

新蔵が二度否定すると三人の間に安堵の気配が流れた。

しばし間があって、

「神保小路の直心影流尚武館道場の主坂崎磐音どのを承知か」

「知っちょんど」

新蔵の言葉に三人の表情が再び元の暗い顔に戻った。

そして、場を沈黙が支配した。

新蔵は、三人がなにを迷っているのか、と思った。

「用は終《おわ》い申したな」

新蔵の問いにも返答はなかった。となると、

(時が来《く》っとのを待っちょっとか)

「おいは帰《かえ》っ。よろしゅごわすな」

と宣言した新蔵は、刀に手をかけた。

「おはん、道場を閉めよ」

と三人のうちのひとりが命じた。

どうやらこれが本日の用件かと新蔵は気付いた。

「できもはん」

と断わった新蔵は立ち上がると、かたわらに控えていた小姓に、

「玄関まで案内しない」

と命じて廊下を戻り始めた。

薩摩の江戸藩邸を出たとき、新蔵は大きな息を吐いた。

なんのために呼ばれたのか、今一つ判然としなかった。道場を閉鎖せよと命じられたが、新蔵の断わりに、さらなる命を発することはなかった。

幸橋御門をくぐり町屋に出たとき、新蔵は喉《のど》がからからに渇いていることに気付いた。

夏の最中《さなか》、茶の一杯も出なかった。

薩摩の江戸藩邸の重臣たちから見れば、新蔵など虫けら同然なのだろう。

御堀の右岸を土橋《どばし》、難波橋《なんばばし》と下ってきて、芝口橋《しばぐちばし》で左岸へと渡り、さらに三十間堀へと辿ってきた。

新蔵の道場はもうすぐだ。

その瞬間、新蔵は殺気を感じた。

(おお、こいが今日の用件か)

との思いに至った新蔵は上刃を下刃に、

くるり
と変えた。

そのとき、夜というのに、三原橋際に水売りの姿を見た。

「水を頼んもんせ」

「あいよ」

気怠《けだる》い声で水売りが応じたとき、殺気は消えていた。

第四章　同門勝負

一

渋谷重兼と眉月ら一行を乗せた薩摩藩御用船の大隅丸が長崎から玄界灘《げんかいなだ》を経て赤間関で瀬戸内に入り、江戸を目指して出立していった後、坂崎空也はいつもの日常に戻っていた。

出航の前日、町年寄高木籐左衛門の屋敷で重兼、眉月と空也、そして六之丞ら渋谷家の家臣らが招かれて夕餉を食した。

その折り、空也は眉月に江戸の両親への書状と出島の阿蘭陀商館長から贈られた異人の衣装と飾り短剣を神保小路へ届けてもらうよう願った。また高木麻衣は眉月に南蛮渡来の首飾りを贈った。鎖《くさり》は銀製で珊瑚《さんご》玉が付いた古い細工物だった。

眉月は遠慮したが、長崎の姉を自認する麻衣が、

「眉姫様と知り合った縁《えにし》に、私の気持ちを贈りたいの」

と眉月の首にかけてくれた。

渡来の照明具の灯りを浴びて珊瑚玉がきらきらと輝き、白い肌の眉月によく似合った。

「眉姫様、よう似合うておられます。麻衣さんの気持ちゆえ素直にお受けなされ」

と空也が勧めたので眉月は、

「麻衣様、有難く頂戴します」

と首にかけたまま、長崎の最後の宵を楽しく過ごした。

翌朝、空也と麻衣は長崎会所の小型帆船で大隅丸を見送ることにした。

「空也様、文は必ずご両親にお届けします。文をお読みになってきっと安心なされましょう。そのほかになにかお伝えすることがありますか」

眉月が船上から長崎会所の小型帆船の空也を見下ろしながら尋ねた。

しばし空也は思案して、

「神保小路でそれがしの姉のような重富霧子《しげとみきりこ》さんに会われたら、『空也は武者修

行の最後に必ずやかの郷《さと》を訪ねます』と伝えてもらえませんか。霧子さんはこの言葉ですべてを理解するはずです」

空也は、錨《いかり》を上げて帆を張った大隅丸に伴走しながら叫び返した。

長崎の内海の出口、伊王島にハタが揚がっていた。

昨日、麻衣の母方の実家の叔父、伊王十右衛門が眉月らに約束した大隅丸を見送るハタだった。

空也と麻衣の乗る長崎会所の小型帆船は伊王島の沖で停まり、角力灘《すもうなだ》へと遠ざかっていく大隅丸船上の眉月らを見送った。

空也は稽古の日々に戻った。

いつしか夏が去り、秋の日々が移ろい、季節は冬を迎えていた。

そのような最中、空也は松平辰平の文を幾たびも読み返した。

文には武者修行を経験した者しか分からない注意がいろいろと記されており、

「かような言葉はもはやただ今の空也様には不要と承知しております。されど武者修行が長くなると、だれしも初心を忘れるものです。空也様の近況を同輩らから聞いて、空也様の旅がそれがしの武者修行時代などより苛酷であり、それだけに力と技をつけられたことを知りました。蛇足《だそく》とは承知しておりますが、初心に立ち返り、最後まで気を抜くことなく武者修行を全うしてくだされ。そのことを松平辰平、福岡城下より強く念じております」

とあった。

初心を忘れるな、か。

空也は尚武館の兄貴分、松平辰平の心の籠った言葉の数々に接し、旅の始まりに出会った遊行僧の無言の教えの、

（捨ててこそ）

を思い出して、改めてこの言葉の意を考え直した。

そして、長崎警護が福岡藩から佐賀藩鍋島家の面々に替わる頃には長崎をあとにしようと胸の内で密《ひそ》かに考えた。

長崎にいればなんの不足もなく稽古に打ち込めた。武勇をもって鳴る福岡藩の御番衆には多彩な剣術家が数多いた。そのために道場稽古は濃密な経験であった。だが、武者修行は道場稽古とは異なった。時に生死をかけた戦いも強いられる。そんな緊迫した場に再び身を置きたいと空也は心のどこかで願っていた。

空也が長崎に滞在する理由の一つは、酒匂兵衛入道の遺児、嫡男の太郎兵衛を

長崎で待ち受けることだった。

空也が長崎に滞在していることは、長崎の薩摩屋敷を通じて必ずや酒匂一派に知らされていると推測された。だが、酒匂兵衛入道の遺児は、空也の前に姿を見せる気配すら感じられなかった。

（なぜであろうか）

空也は未明の長崎奉行所道場で野太刀流の「朝に三千、夕べに八千」の猛稽古を続けながら、そのことを思案していた。

ひょっとしたら酒匂太郎兵衛は、空也が長崎を去るときを辛抱強く待っているのではないか。ならば、長崎を引き上げる時節が来ているのではないか。そんなことを胸に秘めたまま、日々の稽古に明け暮れていた。

そんなある日、鵜飼寅吉が長崎奉行所立山役所の長屋の前で待ち受けていた。

「寅吉どの、なんぞございましたか」

「阿蘭陀帆船が長崎を引き上げる日が決まった」

すでにおよその荷積みは終わったと麻衣から空也は聞いていた。

「数日後にはエリザ号の大砲と舵が船に戻される。その作業に二日ほどかかるというでな。早くて七、八日後には長崎を出てジャガタラを目指す」

ふたりは海に向かって下りていった。

「大砲と舵が船に戻されたら、その宵は別れの宴が船で行われる。大坂中也、そなたも出よとの松平石見守様の命じゃ」

空也は阿蘭陀帆船を見送って長崎を出るか、と不意に考えた。

「それがしはこれから戸町番所に参る。そなたも一緒に行かぬか」

と寅吉が空也に質した。しばし間を置いた空也は、

「それがし、エリザ号の最後の荷積みをなんとのう大波止から眺めとうございます」

「ならば好きにせよ」

と寅吉が言い、空也は出島へと足を向けた。

荷揚げ場は出島の北西に突き出すようにあった。

そこでは慌ただしく荷積みが行われていた。その敷地の一角に巨大な舵が置かれているのが見えた。

空也は遠い異郷に向かうエリザ号に荷を積む小舟を見ていた。すると荷積み待ちをしていた一艘が空也のほうへ漕ぎ寄せてきた。初冬の陽射しを避けて菅笠を被った人足ひとりが櫓《ろ》を漕いでいた。

空也は、その姿に見覚えがあると感じた。

荷船が空也のいる石垣下に近付き、人足が顔を上げた。

なんと、李遜督《りそんとく》だった。

「坂崎空也、今宵五つ（午後八時）の刻限、唐人街近くの波止場に来られよ」

と言い残した李遜督は、再び荷船の群れへと戻っていった。

なにがあったのか。李遜督がただ旧交を温めるためだけにわざわざ和人の人足の形《なり》に身をやつし、再会の日時まで定めて空也を唐人街に招くはずもない。なにか理由があってのことだ、と空也は感じた。

空也はその足で長崎奉行所の長屋に戻ると、武者修行の折りに着ていた道中着に着替えた。次いで、長崎滞在中に着ていた衣服を丁寧に包んで夜具の上に置いた。そして、再び奉行所の門にとって返すと、長崎会所に足を向けた。

なにがあろうと、高木麻衣にだけは事情を話しておこうと思ったからだ。長崎会所の門番とはすでに顔見知りだ。

「麻衣様を訪ねてこらしたと」

「不在かな」

「いえ、おらす。通してよかかどうかわしが訊いてこようたい」

門番が荷分け場の建物の奥へと姿を消した。

これまで何度も長崎会所を訪ねていたが、麻衣が会所にいるときはすぐに通された。だが、本日は麻衣の意向を訊いてくるという。

なにか事が起こっているのだろうか。

しばらく待たされたあと、最前の門番が戻ってきた。

「大坂様、お待たせしたな、わしについてこんね」

と案内方を務めてくれた。

麻衣がいた場所は荷分け場の裏手の蔵の中だった。頑丈な二重扉を開くと、厚板の敷かれた床下から鈍い音が続けざまに響いてきた。

蔵の一角の床板を剝《は》がすと石段が地下蔵へと続き、なんとそこは鉄砲の射撃場だった。

相変わらず着物姿の麻衣は、大きな耳栓をして、両手にエリザ号の積み荷か、異国製の短筒を構えて、およそ十間先の的に向かって引き金を引き絞った。

空也は両手で耳を覆った。だが、一瞬遅れたか、激しい銃声が空也の耳を襲った。

堺筒の遣い手だけになかなかの腕前だった。

銃弾が的のほぼ真ん中に孔を空けていた。

空也が驚きの顔で的を見ていると、麻衣が耳栓を外して、

「長崎口の試し撃ちをしているところよ」

と平然とした顔付きで空也に言った。

長崎口とは公儀から交易を許された到来品のことだ。さような長崎口の中に小型の飛び道具の短筒や鉄砲があることを知った。そんな数々の飛び道具の試し撃ちをして、

「品の性能」

を麻衣は確かめているのだ。

「エリザ号の出航が迫ったようですね」

「そういうことよ。だから急ぎで、こうして品物の出来を調べているの」

「今宵唐人街近くの波止場で高麗人《こまうど》の剣客李遜督どのに会うことになりました」

「高すっぽさん、李遜督と知り合いなの」

麻衣が驚きの表情で尋ね返した。

「麻衣さんに話していませんでしたか。李遜督どのはわが師匠のひとりです。とある島に隠棲していた李どのと稽古の日々を過ごしたことがあるのです」

「坂崎空也め、長崎の姉様に未だあれこれと隠し事があるようね。李遜督と高すっぽさんは勝負をすることになったの」

「それはどうでしょうか。李遜督どのは亡き父の跡継ぎとして高麗に戻られているものと思うておりました」

「それがエリザ号の荷積みの人足をしていたのね」

「少なくとも最前はそんな様子でした」

しばし空也の形《なり》を見ていた麻衣が、

「李遜督と会ったあと、武者修行に戻るため長崎を離れる気ね」

「李師匠の用件次第ですが、なんとなくそのような気がしております。ゆえに長崎の姉様だけにはこのことを告げておきたかったのです」

麻衣は手にしていた到来品の短筒を卓の上に戻し、

「長崎が寂しくなるわね」

と呟いた。

「李師匠の用件次第では、エリザ号の出航を見送るまで長崎に留まっていましょう。いずれにしても、そろそろ長崎を去る時期が訪れたようです」

「坂崎空也を止めたところで無益なことよね」

「麻衣さん、もしや麻衣さんの力を借り受けることが生じるやもしれません。その折りは助勢を願いとうございます」

「坂崎空也がこの麻衣に願うなんて珍しかたい」

と麻衣が真面目《まじめ》な顔で応じた。


遡ること三月《みつき》前、長崎から海路四百七十里余離れた江戸の神保小路、坂崎家に客人があった。

薩摩麓館の主渋谷重兼とその嫡子である江戸藩邸の重臣渋谷重恒、さらにその娘の眉月の三代が揃《そろ》って、坂崎家を訪ねてきたのだ。

この来訪は前日使者が訪れて、坂崎家の都合を訊いていた。その折り、使者の口頭にて、重富霧子なる人物が江戸におるならば同席が叶わぬか、と伝えられていた。

そんなわけで坂崎家では空也の命の恩人の渋谷重兼と孫娘の眉月の訪《おとな》いを楽しみに、おこんが前日から張り切って仕度をした。

「兄上は未だ長崎にいるのでしょうか」

睦月が、母親のおこんの手伝いをしながら尋ねた。

「さあて、どうでしょうね。眉月様に会えばすこしは空也の近況が聞けるのではないかしら」

おこんが期待の顔で娘に応じたものだ。

渋谷家三代の坂崎家訪問に、当主の磐音とおこん夫婦、娘の睦月、それに重富利次郎《としじろう》と霧子の夫婦、もはや睦月の許婚同然の中川英次郎、そして、尚武館と坂崎家の後見ともいえる速水左近らが同席して三人を迎えた。この中で渋谷重兼、重恒父子を直に知るのは速水左近だけだ。

おこんは、渋谷眉月を一目見て、空也が眉月に好意を抱いた理由を悟った。眉月には、おっとりとした気性の中に空也を想う一途《いちず》さが窺えたからだ。

「おこん様、渋谷眉月にございます」

挨拶を受けたおこんは、眉月の前ににじり寄り、その両手を握って、

「眉月様、ようも空也の命を救ってくださいました。渋谷重兼様と眉月様のお助けがなければ、空也は何年も前に薩摩にて身罷《みまか》っていたでしょう。どのような言葉で感謝を申せばよいのか、言葉が浮かびませぬ」

と潤んだ両眼を隠そうともせずに言った。

「母上、眉月様がお困りです。初めてお会いしたお方の御手をいきなり握り、今

にも涙を流しそうな顔で見られたら、どなたも当惑なされます。礼儀知らずも甚《はなは》だしゅうございます」

と娘が母親の言動を窘めた。

「いえ、睦月様、眉はおこん様の御手の温《ぬく》もりを感じて一気に緊張が解けました。空也様が眉に教えてくださった母御のおこん様です」

眉月もおこんの手を握り返して言った。

「眉月様、空也は私のことをなんと話しておりましたか」

おこんの言葉に磐音が、

「これ、おこん、挨拶も済まぬうちからそう迫られては、睦月の申すとおり眉月様もお困りじゃぞ」

磐音もおこんを窘め、重兼に視線を移して、

「渋谷重兼様、それがしも初めてお会いするようには思えませせぬ。文を交換してきたせいばかりとは申せますまい。われら坂崎一家は、空也が麓館の渋谷様方に助けられた事実を知らされ、両家の運命《さだめ》を感じました。できることなら、末永いお付き合いを願いとうございます」

会釈しながら磐音が重兼に話しかけた。

「坂崎磐音どの、われらも空也どのを川内川の水辺で見つけて以来、そのような縁《えにし》を感じております。それにしても、先の西の丸徳川家基《いえもと》様の剣術指南、坂崎磐音どのの嫡男とわが領地の葭原《あしはら》にて出会うた日から長い歳月が過ぎたような、一瞬の時であったような、妙な感じを抱きつつ、こちらに伺いました。また江戸へ赴く途次、長崎に立ち寄り、一段と逞《たくま》しゅうなられた若武者坂崎空也どのを見て、必ずや念願の武者修行を全うし、ご両親のもとへと無事に戻ってこられると強く感じましたぞ」

渋谷重兼が長崎で会った空也の印象を語り、

「もっとも、空也どのをとくと知るのはこのわしではない。孫娘の眉月でござってな。本日は時が許すかぎり空也どのの近況をわが孫の眉月がご一統にお聞かせ申しますでな、お付き合いくだされ、おこん様」

おこんに言いかけた。

「は、はい。眉月様、お願い申します」

とおこんは重兼に視線を向けて、不意に気付いたように、

「あれ、私はなぜかように膝詰めで、眉月様の御手をしっかりと握っているのでしょう」

と言い出した。

「母上、呆れました。自ら眉月様のもとへにじり寄られ、手をしっかりと握られたのですよ」

娘の容赦ない言葉に、

「私としたことがさような振る舞いをいたしましたか」

と名残り惜しそうに眉月の手を離し、自分の席に戻った。

「おこん様、空也様から預かりものがございます」

「文でございますか」

「はい。長崎出立の前夜、認《したた》められた文です」

と言って眉月が磐音に差し出した。

「おこん、後ほど空也の書状は読むということでよいな。まずは仏壇に倅の文を供えなされ」

磐音が受け取った文が、おこんの手に渡った。おこんは愛おしげに文の温もりを確かめ、この温もりは空也と眉月ふたりのものだと感じた。

「文のほかにもかようなお品を預かっております」

眉月は供の小者に持たせてきた風呂敷包みを一同の前に置いた。

「なんでございましょう」

「おこん様、長崎出島の阿蘭陀商館が空也様に贈られた、かの国の装束と短剣にございますそうな。私も未だ見たことはございません」

「ほう、空也に阿蘭陀商館がな。睦月、眉月様のお手を借りて開けてみぬか」

磐音の言葉にふたりの娘が風呂敷包みを開くと、煌びやかな男ものの装束と短剣が一同の眼に触れた。

「眉月様、空也がこの装束と短剣を異人より頂戴した経緯を承知でござるか」

「なんでも出島の阿蘭陀商館を訪ねた折り、異人の剣術遣い数人と空也様が立ち合われたとか。そこで空也様の腕前に感服した商館員が贈った品々と聞かされております。空也様は異人の剣を用いて立ち合われたそうです」

むろん阿蘭陀商館が空也に装束や短剣を贈った真の理由は、辻斬り神父マイヤー・ラインハルトを空也が始末したからだった。だが、さようなことはこの場の者には関わりないことだった。

「空也どのは相手の道具を使い、立ち合いを制せられたか」

速水左近が初めて口を開き、感嘆した。

磐音は異国製の短剣の豪奢な拵えを丹念に見て、鞘を払った。

刀の鍛造とはまったく違う手法で造られた短剣の刃をしげしげと見た磐音は、倅の武者修行がもはや親の磐音にも想像できないものになっていると知らされた。

別れ際、眉月は皆の前であまり話ができなかった重富霧子に歩み寄ると、

「空也様からの伝言が霧子様にございます。『空也は武者修行の最後に必ずかの郷を訪ねます』と伝えてくだされと申されました。『姉上様』は、それでお分かりになりますか」

「眉月様、分かります」

と霧子がにっこりと笑った。

二

眉月らが神保小路の坂崎家を訪れてから三月後、李遜督と再会した空也は、その夜長崎の唐人街の波止場から小型の帆船に乗った。その船の造りは和船とも唐船とも、まして南蛮帆船とも違っていた。

無言を貫く船頭はふたりだが、その帆船の長《おさ》は李遜督であった。

空也はこの高麗型の帆船に乗り込んだが、遜督はすぐには言葉を発しなかった。

長崎の内海の出入りを管轄する戸町番所と対岸の西泊番所を過ぎた辺りで、李遜督が空也に話しかけた。

「坂崎空也、わしは故郷に帰ることにした」

「亡き父御の剣法を継ぐ決意をなされましたか」

空也の問いに対し、遜督の返事まではしばし間があった。

遜督の父、高麗の伝説的な剣客李智幹《ちかん》老師を尋常勝負の末に斃したのは空也だ。

倅の李遜督は、このふたりの勝負の曰くも経緯も結果もすべて承知していた。

ともあれ一対一の剣術家の勝負には、尋常勝負であったとしても、

「恨みつらみ」

は残った。

ために敗者の所縁《ゆかり》の者が勝者の前に立ち塞がることがままあった。

空也の頭に、李遜督が父の仇を討つために、高麗に戻る前に空也を誘い出したのかという想念が過《よぎ》った。

（その折りはその折りのことだ）

空也はわが師匠でもある李遜督と新たな勝負をなす覚悟を密かに決めた。

「亡父の剣法を継ぐのではない」

李遜督が言い切った。

「わしは新たなる高麗剣法を創始するために故国に帰るのだ」

李遜督の言葉に空也は大きく首肯した。李遜督ならば、新たな時代の新たな高麗剣法を確立するだろうと思った。

「師匠、それがし、長崎に来て迷いが生じました」

空也は自らのことへ話柄を変えた。

「己の剣術に信がおけぬようになったか」

直截な問いに空也は沈思した。

「とも言えますし、いささか違うような気もします。阿蘭陀帆船や唐人方の生き方を見ていますと、もはや和国だけで事が済む時代は終わったのではないかという考えに苛《さいな》まれております。阿蘭陀帆船への乗船を許されて大火矢《おおひや》を、大筒を見ました。その大筒の威力は大したものでした。かようなご時世の中、腰に携えた一剣で技を磨き、未知の体験をなす修行を続けてよいものかどうか、迷いの中におります」

「そなたの迷い、分からぬではない。だが、その迷いへの答えは、他人から教えられ、また導かれるものではあるまい」

「己の迷いは己が探るしかございませぬか。李遜督師匠は長い流浪《るろう》の果てに故郷に戻られ、新たなる高麗剣法を創始なさる。長い旅を通して得られた答えとはなんでございましょうな」

空也は李遜督に尋ねるというより自問した。

「わが父との確執をそなたは承知じゃな。じゃが、わしは父のもとを離れた折りから、『父は父、吾は吾』と思うて独りだけの修行に打ち込んできた。ときに剣術を捨てようと稽古をやめたこともある。それがなぜ新しい高麗剣法を故国で確立しようと考えたか、分かるか」

「いえ」

「父と別離して以来、わしの目の前は常に濃い靄《もや》が立ちこめておったが、その靄が薄れて消えていった。そなたが、坂崎空也が李智幹を斃したと知った折りのことだ。わしはそのとき、今一度剣の道に立ち戻ろうと決意したのだ」

空也は漠然とながら李遜督の気持ちが分かるような気がした。

「空也、そなたは、父の坂崎磐音どのを目標とはしても、敵として見たことはあるまいな」

「ございません。父はそれがしとは比べようもなき頂きにございます。未熟なそ

れがし が進む道に父は一度として立ち塞がったことはございません」

「坂崎空也は幸せな剣術家よ。わしとは違う。わしは憎しみの対象として父があった。とはいえ、この李遜督には剣術家李智幹と戦う勇気が欠けておった」

「それがしは師の代理として李老師と戦うたつもりはございません。ただ、高麗の伝説の剣術家と尋常勝負をなしただけでございます」

「空也、この遜督に欠けていたのは、おぬしのような勇気だ」

「師匠、それがしとてそなた様の立場に立たされたら、戦うことに逡巡《しゅんじゅん》したでしょう。わが体内に流れる血は、父の血と同じにございます」

空也の言葉に長い沈黙で李遜督が応じた。

「師匠、高麗に帰る前にそれがしと戦い、斃すおつもりですか」

李遜督が空也を正視した。

「本日の招きをそう考えたか」

「確たる考えはございませんが、なんとなく」

「わしがそうだと答えれば、わしと戦うか」

「李遜督様、それがし、師と戦うことは避けとうございます」

「それでもわしが望んだら、坂崎空也、どうするな」

「師匠、仮の問いには答えられません」

そう答えながら空也に一つの文言が浮かんだ。

「かつて武者修行をなしたことのある尚武館の兄弟子は、それがしに『初心を忘れるな』と申されました」

「そなたの初心とはどのようなものだ」

「それは師匠の李遜督様にも申し上げるわけにはいきません」

再び李遜督が間を置いた。

いつしか高麗型の小型帆船は、伊王島の南を抜けて外海に出ていた。

「そなたはよき父、よき友に恵まれておる。独りで生きてきたわしとは違う。そなたの人柄かのう、多くの人々に助けられて生きており、修行をしておる。一方で、そんなそなたの前には常に敵がおる」

「真剣勝負に勝ちを得たとしたら、その刹那《せつな》から追われる立場に立たされます。かようなことは師匠に申すまでもございませぬが」

「そなたはその相手をこれまでは斃してきた」

「勝負は時の運。紙一重で勝ちと負けとに分かたれただけにございます」

「長崎に来て七月《ななつき》が過ぎたか」

李遜督の言葉は、長崎での空也の修行と暮らしぶりを見てきたと言外に告げていた。

「筑前《ちくぜん》福岡藩の長崎警護の面々はそれなりの武勇の士じゃ。だが、ただ今の坂崎空也にはもの足りまい」

李遜督がずばりと言った。

「わしは高麗に戻る前に剣術家坂崎空也とふたりだけの稽古がしとうなった。ゆえにかような誘いをなした。どうだ、付き合うてくれぬか」

「有難きお言葉にございます」

空也の言葉に李遜督は頷いた。

暗い海に灯りが見えた。島の灯りであろう。

刻限は四つを、異人の刻限で午後十時を過ぎていた。

高麗帆船の船頭ふたりは暗い海にもかかわらず迷いもなく操船していた。

「あの灯りは高島《たかしま》の灯りじゃ」

李遜督が空也に教えた。

「また猿岩《さるいわ》での稽古の日々が戻ってくるのですね」

「猿岩とは違う。互いが剣術家のすべてをかけて戦う日々じゃ。生死をかけた真剣勝負よりもきつかろう。死にたいと願うことになるぞ、空也」

「お願い申します」

暗がりの船上で李遜督が頷き、

「目的の地までは遠い。少しでも体を休めておけ」

と空也に勧め、自らも大きく揺れる高麗帆船の狭い床板にごろりと身を横たえた。

空也も修理亮盛光と木刀を手に、床に仰向けになって体を休めた。すると頭上に星が煌めいているのが見えた。

空也は星たちの煌めきを見ているうちに眠りに落ちた。

どれほど眠っていたか。

船の揺れが緩やかになっているようで、空也は目を覚ました。

夜明けが近付いていた。

空也が身を起こすと、李遜督が舳先に立って岬らしい先端を見ていた。

「野母崎《のもざき》じゃ」

と李遜督が言った。

野母崎を、空也は長崎会所の洋式帆船から眺めたことがある。ゆえに承知していたが、上陸したわけではない。

「あの高い頂きが、高さおよそ六百五十余尺（百九十八メートル）の権現山《ごんげんやま》じゃ」

「われらの修行の場でございますか」

李遜督が首を横に振った。

「頂きには異人船の到来を監視する哨堡《しょうほ》があってな、浜には山上に霧が降りた折りに監視する霧番所もある。われらが稽古するなど許されぬ」

「では、どちらで」

空也の問いに李遜督が、

「野母浦の南に突き出た脇岬《わきみさき》があろう。船上からは一見、脇岬と樺島《かばしま》が一体になり、野母崎と対になって内海を造っておる。樺島は異木《いぼく》奇岩がありて古《いにしえ》より修行僧が苦行をなす島じゃ。われらは樺島を借り受ける」

その言葉を聞いていた船頭たちが、急崖《きゅうがい》の間にわずかに開かれた浦に小型帆船を着けた。

この唐人浦《とうじんうら》と呼ばれる浜は石ころだらけで、家など一軒もなかった。

積み荷が下ろされ、浦に隠して舫《もや》われた船を離れた四人は、食糧や飲み水などを、樺島の南西に聳《そび》える、その名も行者山《ぎょうじゃやま》へと運び上げた。行者山の頂きの下には、猿岩と似た岩窟《がんくつ》があって、行者の籠り修行の暮らしの場であることが空也にも推察できた。

　ふたりの船頭とは打ち合わせてあるのか、李遜督に頭を下げると唐人浦の船に戻っていった。

　洞窟の住まいに食糧と水を置くと、空也と李遜督は互いの木刀と六尺棒を持ち、幾月ぶりかの立ち合い稽古に入った。

　互いに手の内を承知していた。だが、李遜督の六尺棒の扱いは以前に比べて迅速巧妙を極めた。

　空也は油断したわけではないが、六尺棒の攻めに行者山の切り立った崖《がけ》の端まで追い込まれた。

　李遜督はなにも言葉を発しない。

　次の一撃、李遜督が本気の攻めを続ければ空也は三百九十尺余（百十八メートル）の高さから岩場へと転落する。

　空也は瞬時に悟った。

　長崎での道場稽古は多彩にして濃密であった。だが、孤独に耐えて武者修行を続ける緊迫感をいつしか忘れていた。

空也の脳裏に、

（捨ててこそ）

の遊行僧の無言の教えが浮かんだ。

李遜督の六尺棒が空也の胴へと飛んできた。

その直前、気配を感じ取った空也の体が虚空に飛び上がり、次の瞬間には木刀を李遜督の脳天へと叩きつけていた。

「朝に三千、夕べに八千」

の続け打ちで得た反撃技を李遜督は、
ふわり
と後ろざまに飛んで避けた。そして、空也が着地した瞬間、六尺棒が突き出された。

空也はそのことを承知して、木刀で六尺棒を弾いた。

だが、空也の木刀の扱いを承知の李遜督もまたすぐに次の手に移った。

その日、両者は初冬の陽射しが西の海へと沈むまで稽古を続けた。

猿岩での日々が戻ってきた。いや、それ以上の緊張と、一瞬たりとも気を緩められない打ち合いの日々が続いた。

ふたりが樺島の行者山に来て何日目か、長崎の方角から大火矢、大砲の音が風に乗って響いてきた。

海は荒れてもいた。

（長崎に異変が起こったか）

稽古を始める前に体の筋を緩める動きをしていた空也は、ちらりと麻衣たちのことを案じた。

「あれは空砲の音じゃ」

いつの間にか空也のかたわらに姿を見せていた李遜督が言った。

「空砲でございますか」

「おお、阿蘭陀船エリザ号が長崎を出航するのであろう。その折りは、曳き船に曳かれながら長崎に別れを告げる空砲を撃つのが習わしらしい」

「おお、エリザ号の出航を忘れておりました」

空砲の音が消えていた。

ふたりはいつもの無言の稽古を始めた。

空也の木刀が李遜督の体を掠《かす》めることがあり、一方、李遜督の六尺棒が空也を叩くこともあった。だが、少々の打撃などで稽古を休むことはなかった。

この日、李遜督が不意に間を空けた。

うむ、と空也が訝しげに李遜督を見ると、その眼差しが西の海を眺めていた。

空也も海を眺めた。

西の五島灘に阿蘭陀国旗をなびかせ、三檣の帆柱に横帆を張ったエリザ号らしき船影が帆走しているのが遠望できた。だが、それは荒れた海を行くエリザ号の同僚船であって、エリザ号には難儀が降りかかっていたのだが、空也らはそのことを知る由《よし》もない。

「そなた、異人と剣を交えたそうな」

「出島に招かれた折り、座興に立ち合いました」

「坂崎空也、座興などという言葉を長崎で覚えたか」

李遜督の口調には非難が込められていた。

「それがし、長崎奉行の家臣大坂中也として出島に参ったのです。その折りに紅毛人の剣で立ち合うたのでございます」

「ゆえに座興などという言葉を使ったか。空也、相手の力量を見抜いていたか否《いな》か」

李遜督の問いは険しかった。

「およそは」

「相手方の土俵にて相手方の武器で戦うて勝ちを得ても、なんの足しにもなるまい」

「いかにも、それがしにとってなんの利にもならぬでしょう。されど、仮とは申せ、わが主の松平様や長崎会所にとって、かような座興も大きな眼で見ればよきことではございませんか」

空也の反論には答えず、李遜督が六尺棒を構えた。

稽古が始まった。

これまでになく李遜督の六尺棒の扱いは激しく、空也も必死で抗った。それでも幾たびも突かれ、叩かれた。

その日の稽古が終わったとき、李遜督が、

「坂崎空也、なぜ反撃せぬ」

と詰《なじ》った。

「師匠の攻めを堪《こら》えるのに精いっぱいにございました。反撃などできようはずもございません」

李遜督は、じいっと空也を見た。

「そなた、猿岩で会うた折りより強くなっておるのか、弱くなっておるのか分からぬ。このわしに手加減など無用」

「師匠、申し上げます。それがし、手加減する余裕など爪の垢《あか》ほどもございません」

李遜督は間を置いた。

「七日後には迎えの船が来る」

「高麗にお帰りになりますか」

「そなたを長崎に送り、高麗へ戻る」

空也はしばし沈思した。

「師匠、それがし、しばしこの行者山に残ってはなりませぬか」

「わしとの稽古では満足せぬか」

「いえ、師匠の、李遜督様の教えの数々を、独りになってなぞってみたいのです」

こんどは李遜督が沈黙し、

「よかろう。そなたの好きにするがよい。食い物は船に積んでおるのを残しておこう」

「水さえあれば十日や二十日は生きていけます」

空也の言葉に李遜督はただ頷いた。

最後の七日間の稽古は真剣勝負さながらであった。ために空也も李遜督も体中に打撲など傷を負っていた。

七日目の稽古が終わったとき、李遜督が、

「最後に伝えておきたいことがある。そなたが長崎に戻れば、そなたの帰りを待つ者がおる。薩摩藩を脱藩した酒匂太郎兵衛なる者だ。この者、そなたが斃した父親の酒匂兵衛入道を上回る技量の持ち主ぞ。油断は禁物じゃ」

と空也に置き土産《みやげ》の忠言を残した。

そのとき、空也は李遜督が行者山での稽古をつけてくれたのは、酒匂太郎兵衛との戦いを考えてのことかと、師匠の深い情愛に感謝した。

翌日、李遜督は唐人浦に下りた。

空也も見送りに行き、唐人浦の岩場に座して、師匠が高麗に戻るのを低頭して見送った。

唐人浦から消えようとした帆船から李遜督の声が聞こえてきた。

「空也、初心を忘れるでない」

空也は岩場に立ち上がり、消え行く船に向かって大きく手を振った。

三

その間、長崎では大きな騒ぎが起こっていた。

出航した阿蘭陀帆船のエリザ号が暴風雨のために、長崎の内海への出入口、高《たか》鉾島《ほこじま》付近で難破したのだ。

曳き船から麻縄を放した直後に荒波を船体に受けて、銅と樟脳《しょうのう》を大量に積んでいたため舵が利かず岩場に押し流されて座礁《ざしょう》して動けなくなったのだ。そこで再び曳き船でエリザ号を岩場から引き離そうとして、いったんは成功したものの、木鉢浦《きばちうら》付近の海上まで曳いてきたところで、エリザ号の破壊された船体に海水が入り、沈没してしまった。

この寛政十年は、阿蘭陀側にあれこれと災難が降りかかっていた。

江戸参府の帰途、商館長のヘイスベルト・ヘンメイが急死した。このヘンメイ商館長、四十五歳で長崎の阿蘭陀商館長《カピタン》として赴任し、阿蘭陀交易の不振を立て直すために銅貿易の構築に努める一方、前薩摩藩藩主にして蘭癖《らんぺき》の島津重豪らと派手な付き合いをして、多額の借財を抱えていた。このヘンメイの江戸参府は二度目で、正月二十五日に長崎を出発していた。

その帰路の奇禍《きか》だった。

むろん空也が関わった神父剣士の辻斬り、マイヤー・ラインハルトの騒ぎの後始末もあった。さらには出島の火事で阿蘭陀商館の大半の建物が焼失した。

そのような最中、長崎奉行として長崎詰めを引き継ぐことになって着任したばかりの朝比奈《あさひな》河内守昌始《かわちのかみまさもと》が中心になり、長崎会所と一緒にエリザ号をどうするか連日のように討議が行われていた。二人制であった長崎奉行職は、一年交代で江戸詰めと長崎詰めが入れ替わる。すでに五十半ばを超えた松平石見守は、次々と起こった奇禍のために体調を崩し、蘭方医《らんぽうい》の治療を受けていた。

そのような折り、奉行所の密偵鵜飼寅吉が長崎会所に高木麻衣を訪ねて、

「麻衣さん、高すっぽから連絡《つなぎ》はないか」

と尋ねる姿がしばしば見かけられるようになった。

「残念ながら、なんの文も届きません」

「そうか。坂崎空也め、われらに挨拶もなしに長崎を去りおったか」

寅吉が悄然《しょうぜん》として奉行所へ戻っていくのが習わしのようになっていた。この日もそのような問答が繰り返され、麻衣が寅吉に問うた。

「なにか奉行所で起こったの」

「いや、そうではない。それがしも近々江戸へ戻れとの内示を受けた。この長崎でもう一度高すっぽに会いたいと思うただけだ」

「寅吉さん、なんの証《あかし》もないけど、高すっぽさんは未だ長崎にいるような気がしているの」

「なぜだ」

「寅吉さんも承知しているでしょう。薩摩藩の長崎聞役の配下のひとりが酒匂一派と連絡をとりあっていることを」

「承知じゃ。だが、酒匂太郎兵衛どのがこの長崎近くに潜んでいるとの推察はつけられるが、未だ長崎に姿を見せてはいまい」

「長崎に姿を見せれば奉行所もうちも動きようがある。けれど、酒匂太郎兵衛という人物、かなり慎重ね。彼らは彼らで坂崎空也が長崎を離れたかどうか、迷っているのだと思うわ」

「麻衣さんの勘では、高すっぽは長崎に戻ってくるか」

「さて、どうでしょう」

寅吉は長崎会所の高木麻衣が空也の居所を承知しているのではないかと、推測していた。

「それがしがこの長崎にいる間に、今一度あやつの顔を見たいものよ」

「寅吉さんはいつ長崎を出るの」

「それじゃがな、麻衣さんも承知のように松平様の容態がよろしくない。できるならば松平様の江戸戻りに随行して、手伝えることがあればお助けしたいのだ」

麻衣は鵜飼寅吉が公儀のだれの指図で長崎に派遣されてきたのか、正確には知らなかった。確たる証はないが、西国大名を監督する大目付の配下ではないかと長崎会所では察していた。

一方、長崎奉行松平石見守の先祖は、三河国《みかわ》松平郷《まつだいらごう》で、ゆえに「松平」姓を名乗っていた。家禄は千二百石、直参《じきさん》旗本である。寅吉は長崎に来て松平と知り合い、御用を通じて信頼関係が生じたようで、それで江戸行きに同道しようと考えているのか。

「このところ、阿蘭陀交易はケチのつき通しだな。長崎会所も大変であろう」

麻衣は寅吉に頷き返した。

「まあ、長崎会所は様々な手蔓《てづる》で、異国からの到来品を阿蘭陀交易の長崎口と称して上方《かみがた》などに売っておるで、エリザ号の沈没など痛くも痒《かゆ》くもないか」

と寅吉が嫌みを言い、麻衣がなにか反論しかけたが言葉にはせず、聞き流した。

空也が脇岬から見た阿蘭陀帆船は、エリザ号とは別に伊王島の船隠しにいて、「隠れ交易」をしていた同僚船だった。長崎奉行と阿蘭陀商館の間では、寛政十年は阿蘭陀帆船入津は一隻だけだが、伊王島に隠れ交易の帆船を伴っていた。空也たちはその帆船をエリザ号と思って見送っていたのだった。


そのような折り、江戸の神保小路に客があった。

七十五代の長崎奉行にして、ただ今は幕府の勘定《かんじよう》奉行と関東郡代《かんとうぐんだい》を兼務する中川飛驒守忠英《ひだのかみただてる》と女房の富貴《ふき》、そして次男の英次郎の二人だ。

迎えたのはむろん坂崎家の当主磐音と女房のおこん、娘の睦月、そして両家と昵懇《じつこん》の速水左近だった。

英次郎と睦月の付き合いが日に日に親密になるにつれ、尚武館の長老門弟など

から、

「磐音先生、中川どのの次男とそなたの長女どのをこのままにしておくのも可哀《かわい》想《そう》であろう。勘定奉行中川家には婿養子《むこようし》に入らぬかと大身《たいしん》旗本から数多誘いがあるというではないか。ここいらではっきりと世間に、中川英次郎と坂崎睦月は結《ゆい》納《のう》を交わし、許婚であると世間に公表したほうがよくはないか」

という声が上がっていた。

磐音は最初こそ聞き流していたが、幾たびもそのような話を聞かされ、おこんに相談した。

「おまえ様は、空也の戻りを待ってとお考えでございますか」

おこんは磐音に反問した。

「空也はただの旅に出ているのではない。武者修行の旅じゃ、そなたには聞き苦しかろうが、生きて神保小路に戻る確かな証はない。英次郎と睦月のふたりの生き方は、どのようなことであれ、決して空也の生死によって左右されてはならぬ。『ふたりがこれからどう生きていくかだけを考えよ。父は、ふたりが決めたことを受け入れる』と両人に伝えよ」

「ならば」

「英次郎どのと睦月の結納をなせと言うか」

「私はおまえ様のお考えを聞いております」

磐音はしばし間を置いて口を開いた。

「中川英次郎どのが睦月と結納を交わし、いずれ祝言を挙げることに異を唱《とな》えるつもりはない。ただな、おこん、周りが騒ぎすぎるのは、当人たちにとっても決してよいことばかりではなかろう」

「しばらく様子を見よと言われますか」

「いや、そうではない。そなたがふたりの意中を質してみよ。そなたならば、正直な気持ちを話そうと思うでな」

「その要があるとも思えません」

「なに、もはやふたりと話したというか」

「いえ、両人の挙動を見ていれば分かります」

確信しているといった顔でおこんが言った。

「念のためじゃ。英次郎、睦月とそなたの三人で話した上で、先に進めるかどうかを決めたい」

おこんは、磐音とこのやりとりをした翌日、小梅村に英次郎と睦月を誘った。

小舟の船頭に住み込み門弟の英次郎をわざわざ指名し、おこんと睦月の母娘が向かい合うように座った。

神田川から大川に小舟が出た折り、おこんはふたりに話を切り出した。

おこんの話を聞いた英次郎も睦月も、いささか驚いた表情を見せた。

英次郎の驚きには、喜びと期待が込められていた。一方、睦月のほうは、なにか懸念があるようにおこんには見えた。

「睦月、大川の流れの上です。英次郎どのと母の私しかおりません。睦月の忌憚《きたん》のない言葉を母は聞きとうございます」

おこんの問いに睦月はしばし沈思した。その様子を英次郎が不安げな顔付きで見ていた。

「母上、英次郎さんのお気持ちはこの私もとくと承知です。勿体《もったい》ない言葉もいただきました」

「母が聞いているのは睦月の気持ちです」

「母上、私ども一家は常に武者修行中の兄上の行動に一喜一憂させられてきました。母上もお忘れではございますまい。兄上の弔《とむら》い仕度をしたことを」

「忘れるはずもございません」

「私どもの今後が兄上の行動に左右されるのは二度と御免です」

睦月が言い切った。

おこんはしばし間をおいて父磐音の言葉を告げた。

櫓《ろ》をゆったりと漕ぐ英次郎も小舟に座す睦月も無言で、おこんの口から告げられた磐音の言葉を幾たびも吟味している様子があった。

「父上がそうおっしゃいましたか」

「一言一句違《たが》わず、そなたの父の言葉を告げました」

おこんの念押しの言葉に睦月は両眼に涙をあふれさせ、

「英次郎様、そなた様の嫁はこの坂崎睦月でようございますか」

と英次郎に尋ねた。

「睦月どの、それがしの伴侶はこの世にそなたしかおりません」

英次郎の返事も明確だった。

ふたりの言葉に、小舟を覆っていた緊張が和やかなものに変わった。

「では、父上にそなたらの気持ちを申し上げて、次なる慣わしへ進めていただきます」

「お願い申します、おこん様」

櫓を漕ぐ英次郎が片手に櫓を残したまま、その場に片膝をつき、深々と礼をした。

そのようなことを受けての本日の坂崎家の集いであった。

勘定奉行職にある中川家では嫡男が家督を継ぐ。

部屋住みの次男坊である英次郎は、これまでどおり尚武館坂崎道場の長屋に暮らし、住み込み門弟修行を続けることになった。

一方、坂崎家では、もし空也が無事に武者修行を果たし終えて神保小路に戻った折りには、然るべき日に渋谷眉月と祝言を挙げ、尚武館道場の後継となるであろうと考えていた。

その折り、英次郎と睦月の暮らしをどうするか、本日話し合うことになっていた。

その前に英次郎当人から磐音に話があった。

「磐音先生、こたびのお心遣い、それがし終生忘れませぬ。そのうえで睦月様と話し合いましたが、われら嫡男でも跡継ぎでもございませぬ。ゆえに結納の儀式などは、内々にしていただくわけにはまいりませぬか」

英次郎の言葉を磐音は笑みの顔で受け止め、

「承知いたした。お父上の中川様のお考えもあろうかと存ずるので、この場での返答はできぬ」

と答えていた。

「世間の慣わしに従えば、それがしの屋敷に中川、坂崎両家を招き、引き合わせるところから事が始まろう。じゃが、両家はすでに親しい交わりをなし、この速水も両家の当主どのと昵懇の付き合いがある。また、若いふたりの願いもあるゆえ、坂崎家にてかような集いを催すことにした。中川どの、許されよ」

速水左近の言葉に中川飛驒守が、

「速水様、若いふたりの立場を過分にもお気遣いいただき、畏《おそ》れ多きことにございます」

と応じた。

「ならば、中川、坂崎両家に中川英次郎、坂崎睦月の結納の儀、ご異存はございませんな」

と速水左近が一同に念押しした。

「ございません」

「よしなに結納の儀、お進めくだされ」

と両家の当主が返事をした。

すると、書院と仏間を隔てていた襖《ふすま》がするすると開かれ、霧子ら坂崎家関わりの女衆が控えていた。

そこには中川家から睦月に加賀友禅《かがゆうぜん》の振袖が、そして、坂崎家から英次郎に時服《じふく》と黒蠟色塗鞘大小拵《くろろいろぬりざやだいしようこしらえ》の大小が仕度されて飾られてあった。

一同が仏間に座を移し、英次郎と睦月が並んで坂崎家の仏壇に燈明《とうみよう》を灯し、線香を手向《たむ》けて、佐々木家、坂崎家らの霊前に合掌して結納の儀を報告した。

続いて中川夫妻が、速水左近が、最後に磬音とおこんが合掌して坂崎家の近況を報告した。

睦月がうっとりとした表情で衣紋掛《えもんか》けに飾られた加賀友禅に目をやり、

「富貴様、いえ、義母上《ははうえ》様のお見立てにございますか」

と尋ねる声が聞こえた。

「睦月さん、嫡男の嫁に手伝うてもらい、見立てました。気に入ってもらえるとよいのですが」

「私には勿体なき振袖にございます」

睦月が深々と中川夫婦に頭を下げた。

「磐音先生、おこん様、それがし、部屋住みの次男坊ゆえ、大小拵えの刀など差したことがありません。有難うございます」

と結納の品が交わされ、書院がいつの間にか宴の場へと設《しつら》えられていた。むろん霧子らの影働きだ。こうなると社交上手のおこんが酒を注いで回り、富貴が若いふたりの門出に乾杯した。

「速水様、坂崎どの、部屋住みの英次郎には勿体なき結納の儀式にございました」

中川忠英が、速水ばかりか磐音の名をあげて労《ねぎら》った。

「われら、こたびはなにもしておりませぬ。速水様のお考えに従うただけでございます」

と磐音が言うところへ、中川忠英が、

「こちらのご嫡男は未だ長崎に滞在しておられますか」

と話題を空也に振った。

「おお、そういえば中川どのは昨年まで長崎奉行を務め上げられましたな」

「はい。それがし、寛政七年二月に長崎奉行を拝命し、昨年二月まで務めまして、ただ今の勘定奉行に転じたのでございます」

「ただ今の長崎奉行は、松平石見守どのであったかのう」

「速水様、先月、朝比奈河内守どのが長崎詰めとして着任されましたが、直近まではさようでございます」

　と応じた中川忠英が、

「空也どのが長崎奉行松平どのの家臣としてかの地に滞在中と英次郎より聞き、なんぞなすべきことがあろうかと考えましたが、英次郎に『空也様はそれがしより年下ですが、すでに足掛け四年にわたる武者修行を果たされております。父上の助けがなくともどのような苦難も乗り越えられます』と言われましてな、なにもせずにおります」

「お気持ちだけで有難いかぎりです。どちらに行ってもかの地の方々に助勢を得て、生き存《なが》らえているようです。おそらく長崎の暮らしも楽しんでいることでしょう」

　と磐音が応じた。

　この日、坂崎家では和やかな時が果てしなく続いた。

そのような日々、空也は樺島での独り修行を終える決心をした。

食料が底を突き、樺島に生《は》えている木の実や山菜などを口にしてきたが、独り稽古を続けたお蔭で、李遜督がこの地へ誘い、相対稽古をなした意味を悟ったと思ったからだ。

洞窟《どうくつ》を片付け、樺島から対岸の脇岬まで瀬戸の流れが緩やかになるのを待って泳いで渡ろうと考えた。そこで汗に塗《まみ》れた衣服に大小と愛用の木刀を包み、浜で見つけた流木にすべての荷を載せて、流木を押すように泳ぎ出した。するとかたわらを追い抜いていく生き物がいた。よく見ると猪《いのしし》だった。

猪のあとに従うように流木を押しながら泳ぎ、名も知らぬ漁村の浜になんとか辿り着いた。すると漁師たちが啞然《あぜん》とした顔で空也を見つめていた。

「あん猪は仲間な」

「いえ、まさかあの島に猪がいるとは知りませんでした。猪がいると知っていれば、捕えて、あと一月《ひとつき》やそこらは稽古ができたのですが」

空也の返事を聞いた漁師のひとりが、

「あんた、何者《なにもん》な」

「それがしですか、武者修行の者です。樺島で一月ほど稽古をしておりました」

「おお、樺島から木刀を打ち合う音やら気合いが聞こえてきたたい。ありゃ、あんたさんの声な」

「海の上までそれがしの声が聞こえましたか。迷惑をおかけいたしました」

「あんた、なんば食うて生きとったと」

「最初は食い物も水もありましたが、この十数日は、島に生《な》る山葡萄《やまぶどう》の実を干したものやら、山菜ごときものを食しておりました」

「呆れた」

空也は褌《ふんどし》一つに気付き、汚れた道中着を身に纏《まと》った。

「えらか臭いたい。あんた、どこへ行きなるとな」

「長崎に戻ります」

「知り合いがおるとな」

「はい。それがし、長崎奉行松平石見守様家臣の大坂中也です。長崎に戻れば、なんとか食い物にありつけます」

「あんた、こん岬から長崎までどれだけあるか承知な」

「まだ歩いたことはありませんが、船に乗ってきたことはあります。およそ一日か二日はかかると思います」

「魂消たな」

と網元だという長老が言い、

「明日、長崎に行く漁《いさ》り舟が出るたい、乗っていくね」

「乗せていただけますか。ただし、乗り賃は一文も持っておりません」

「妙な侍ば拾うたな。長崎に連れていけば何者か分かろうたい。まずな、あんた
さん、水を浴びて汗と汚れを落としない。だれかぼろ浴衣《ゆかた》はなかか」

網元が仲間を見回した。

四

江戸の三十間堀の野太刀流道場のかたわらにある裏長屋で、薬丸新蔵が眼を覚ました。

夜気が冷たい霜月《しもつき》の未明のことだ。

江戸の町は真っ暗だった。

だが、新蔵は慣れたもので、井戸端にて顔を洗って手拭いで拭うと、新たに木《き》桶《おけ》に水を汲んだ。そして、それを抱えて蔵道場に向かった。

表の戸こそ閉じられていたが、錠を下ろしているわけではない。裏戸に至っては、開け放たれたままだ。

貧乏道場に関心を抱く人間がいるとは思えなかった。

いつものように裏戸から土間の道場に踏み込んだとき、新蔵はなにか異変を感じ取った。夜中にだれぞが立ち入った、そんな気配を感じた。だが、盗《と》られるものなどなにもない。それでもしばし闇の道場の気配を探った。

（ほう、どうやら道場に潜む者がおる）

それも二人だ。だがすぐさま、危害を加えんと動く気配がないことを察した新蔵は、暗闇《くらやみ》の中で神棚の水を土間の隅に撒《ま》き、新しく汲んできた水に取り替えた。

道場開きに際して誂《あつら》えた小さな神棚の榊《さかき》の水も替えた。

神棚に拝礼して柏手《かしわで》を打ち、また拝礼した。

それが新蔵の毎朝の儀式だった。

そのときひとり、狭い道場の土間の隅に潜む者が動いた。

（うむ）

新蔵は迂闊《うかつ》を悔いた。

素手のまま、神経を集中させた。

昔味噌蔵《みそぐら》だった闇の道場でその者が素手の新蔵を攻撃する意思があれば、新蔵は危険に陥ったかもしれない。

だがその人物は、再び土間の隅で気配を消し、その場を動こうとはしなくなった。いや、動かなかった、といったほうが正確か。というのも狭い道場にもうひとり、高い梁《はり》の上で侵入者を注視する人物がいたからだ。侵入者のふたりは、仲間ではないようだ。ということは、新蔵が道場に入る以前からふたりは、お互いの動きを観察し合っていたことになる。

(だいがおっとか)

新蔵はまだいくらか水の残った木桶を手に、ゆっくりと背後を見た。すると天井の高い味噌蔵の梁に潜む者が、新蔵ともうひとりの侵入者にわざわざ己の気配を見せつけるように動いてみせた。

新蔵ともうひとりの侵入者の注意が、梁の上に身を同化させるように潜んでいた人物に向けられた。やはり道場の土間の侵入者と梁の人物は仲間ではないと、新蔵は確信した。

「だぃさあな」

新蔵が初めて声を出して誰何《すいか》した。すると裏戸付近で灯りが点り、行灯《あんどん》を持った人物が道場に入ってきた。さらにもうひとり、武家姿の者が間を置いて従ってきた。

灯りを下げた女子は新蔵の承知の者だった。

尚武館道場の高弟のひとり、重富利次郎との間に初めての子を生《な》したばかりという霧子だった。さすがは雑賀衆《さいかしゅう》の郷育ち、もはや子を産んだばかりとは思えない体付きと軽やかな動きだった。だが、その霧子のあとに従うように蔵道場に入ってきた武家はだれとは知れなかった。

道場主薬丸新蔵は、

（霧子さん、ないをしちょっと）

とまず霧子に注意を向けた。

新蔵の関心をよそに、霧子は平然と、手にした行灯を蔵道場の神棚下に置いた。

すると、闇に隠れていた道場内がうっすらと浮かび上がった。

霧子に続いて蔵道場に足を踏み入れた武家が、土間の隅に柞《ゆす》の木刀《ぼっと》を抱えて胡坐《あぐら》をかく人物に視線を向け、

（やはりおったか）

という表情を見せた。

新蔵は、薩摩の御家流儀東郷示現流の高弟酒匂兵衛入道一派の残党、いや、遺児のひとりが、新蔵との勝負を望んで持ち受けていたことを悟った。

そのとき、味噌蔵道場の梁に一晩気配を消して潜んでいた人物が、

ふわり

と土間に飛び下りてきた。

尚武館坂崎道場の三助《さんすけ》年寄りのひとり、弥助《やすけ》だった。

「霧子、ご苦労であった」

弥助が、新蔵にも土間の隅に座す人物にも注意を払うことなく声をかけた。

「弥助どん、霧子さん、どげんしたと」

新蔵の声音に戸惑いがあった。

「新蔵どの、わっしらの節介を詫びよう。神保小路の先生の指図で動いておるわけではないのだ。わっしと霧子の役目は、そなたと薩摩のお方が尋常勝負をなすための見聞役、後々厄介が起こらぬようになすことでな」

「弥助どんと霧子さんは、毎晩おいの道場を見張っておったとな」

「毎晩ではないがな。薩摩藩邸で動きがあったことを受けて、この数日、かような節介をしていたのだ」

「魂消た」

と新蔵が応じて、もう一人《いちにん》の訪問者の武家方に視線を向けた。薩摩拵えの刀を見なくとも薩摩藩江戸藩邸の藩士と思えた。

「おはん、だいさあな」

「薩摩藩江戸藩邸目付高城《たかぎ》平八《へいはち》」

新蔵の問いに相手が名乗った。

弥助が土間の隅で微動だにせぬ人物に注意を戻した。

「亡き酒匂兵衛入道様の倅どのかな」

弥助の問いに木刀を抱えて胡坐をかいていた人物が顔を上げ、

「いかにも酒匂次郎兵衛じゃっ」

と答えた。

「酒匂次郎兵衛、藩主島津齊宣様ならびにご隠居重豪様の命に背いて無益な戦いを続けおるか」

目付の高城は次郎兵衛の行動を詰《なじ》るように質した。

「高城どん、おいはもはや薩摩藩士じゃなか」

高城平八が深い吐息を吐いた。

「高城様」

と声をかけたのは弥助だ。

「もはやお察しと思いますが、わっしは神保小路直心影流尚武館坂崎道場の者にございます。最前申したように、わっしらもできることなら薬丸新蔵どのがこの江戸で血を流すことは避けとうて、薬丸道場を見張っておりました。昨夜半、わっしが蔵道場の梁に潜んだ直後、酒匂次郎兵衛様が入ってこられたのですよ」

弥助が自らの立場を説明した。

舌打ちが高城と次郎兵衛の口から吐き出された。

「へい、余計なお世話でございましょう、ご両者」

「そのほう、坂崎道場の者と言うたな。密偵か」

「と、思われてもようございます。ただ今の尚武館道場主坂崎磐音様のもと、老中田沼意次《たぬまおきつぐ》・意知《おきとも》様父子との暗闘にも関わりましたでな」

「こたびは薩摩藩内部の騒ぎぞ。尚武館の坂崎どのとは申せ、要らざる節介は許されぬ」

「へえ、最前も申しましたが、今宵の一件、坂崎磐音様は承知しておられませんゝ」

「ならば手を引け」

「と申されますが、坂崎磐音様の嫡子空也どのもまた東郷示現流の高弟酒匂兵衛入道様一派の追尾を受けておられます。さようなことは高城様に説明の要はございますまい」

「ふっふっふふ」

と道場の隅に未だ胡坐をかいたままの次郎兵衛の口から笑い声が洩れ、弥助が言った。

「そんなわけです」

高城が罵り声を嚙《か》み殺した。

「高城様、ただ今の公方様の正室は島津重豪様の娘御、茂姫様」

「そのようなことを、そのほうに聞かされるまでもない」

「重々承知とおっしゃいますか。ならばこちらはどうですね。酒匂兵衛入道様三男の参兵衛様と尋常勝負を行った坂崎空也様の腰の一剣は、上様が空也様に下賜された修理亮盛光だということを」

「しゃっ」

高城が驚きの声を洩らした。

「つまり、もはやこの一連の騒動、薩摩藩内部の一件とは言い切れませんでな。お分かりか、高城どの」

弥助の詰問《きつもん》に高城が返答に窮して黙り込んだ。

新蔵がなにか言いかけたのを霧子が無言で制した。弥助と高城の話はまだ終わっていないと霧子が言っていた。

「相分かり申した」

と高城が弥助に答え、

「この場の始末、どうつければよかろうか」

「もはや、両者の尋常勝負に委《ゆだ》ねるしかございますまい。わっしらはあくまで尋常勝負の立会人にございます」

「そなたらふたりもおいも加担せぬということか」

「へい」

弥助の返答に高城が大きく首肯し、

「酒匂次郎兵衛、聞いたな。おはんと薬丸新蔵の尋常勝負じゃ。おはんの望みは叶うたであろう。お互い勝っても負けても、これ以上恨みつらみをあとへと残すっとじゃなか」

「高城どん、承ったど」

と承知した次郎兵衛が、道場の隅でゆらりと立ち上がった。なんとも大きな体付きで、胸板も四肢《しし》も大きかった。

霧子が質素な神棚下の見所に高城平八を招いた。そして、弥助と肩を並べるように腰を下ろした。新蔵が、

「弥助どん、霧子さん、迷惑ばかけ申した。こいでおいもすっきりし申す」

と礼を述べた。霧子が、

「ご武運をお祈り申します」

と小声で言った。

「霧子さん、赤子は息災な」

なんと新蔵は霧子が産んだばかりの赤子のことを案じた。

「力之助《りきのすけ》は並の赤子の二倍の大きさはございます」

霧子の返答に笑った新蔵が、

「よかよか」

と満足げに応《こた》えると、柞の木刀を手に、さほど大きくもない蔵道場の真ん中に進み出た。

新蔵の動きを見た次郎兵衛が、ゆっくりと道場の真ん中へと歩み寄った。

両人が一間の間合いで対峙してみると、鍛え上げられた新蔵の体でさえ、次郎兵衛の半分ほどに、なんとも華奢《きやしや》に見えた。

「酒匂次郎兵衛どん、野太刀流薬丸長左衛門兼武、お相手仕《つかまつ》るど」

「よかぶんな、新蔵」

えらぶるな、と次郎兵衛が応じて、

「うっ殺す」

と宣言した。

頷いた新蔵がするすると間合いを空けて下がった。

同時に次郎兵衛もゆっくりと蔵道場の土間を後退した。

とはいえ、二十坪足らずの道場だ。ふたりが間合いをとったのは四間半とない。

互いに右蜻蛉《とんぼ》に構え合った。

一撃勝負と、新蔵も次郎兵衛も承知していた。

野太刀流は東郷示現流を基にした薩摩剣法だ。流儀の名は違えど基は同根だ。

酒匂次郎兵衛は東郷示現流の本流を疑いもなく学んできた。

だが、去年の鹿児島での具足開きの日、薬丸新蔵と、その場では名無しの上に口を利かない若者との立ち合いが、次郎兵衛の生き方を変えた。御家流儀が揺らぐことになったからだ。

当時、江戸藩邸にいた次郎兵衛はその場の立ち合いを見られなかった。だが、のちに多くの藩士らに両人の強烈な立ち合いを聞かされて、悔しがったものだ。だが、驚きはそれだけに終わらなかった。

父の酒匂兵衛入道が肥薩《ひさつ》の国境、久七峠でこの若者と立ち合い、一撃のもとに屠《ほふ》られたばかりか、実弟の参兵衛まで敗れていた。

次郎兵衛の胸中には憤怒の感情が渦巻いていた。

なぜに薩摩の御家流儀の東郷示現流は敗れさったか、信じられないことだった。

東郷示現流の高弟として酒匂一派を形成してきた一族が立ち直るには、今は坂崎空也と知る若武者と薬丸新蔵を斃すしか術《すべ》はなかった。

長兄の太郎兵衛と文を取り交わして、坂崎空也を兄が、そして薬丸新蔵を次郎兵衛が斃すと決まった。だが薩摩藩は、前の藩主島津重豪も当代の齊宣も、

「この立ち合いならじ」

とすでに藩を離れていた兄弟に幾たびも通告していた。

それでも太郎兵衛も次郎兵衛も己が信じた、考えた道に向かって邁進《まいしん》すること

にした。そして、そのときを迎えていた。

一方、薬丸新蔵は、

(己の流派を創始する野心)

のみで己流の戦いを続けてきた。

だが、薩摩で、いや、江戸に出て武名を上げると固く誓ってきた考えと覚悟が、ひとりの剣術家の前に無残にも砕かれたのだ。

その人物はなんと、名無し、高すっぽとして承知していた武者修行の若者の実父坂崎磐音だった。

新蔵の野太刀流は薩摩を出て以来、実戦まがいの道場破りを何十戦と戦ったが、一度として敗れることはなかった。

神保小路の直心影流尚武館道場の坂崎磐音と立ち合ったとき、瞬時にして力の差が分かった。そして、磐音の風貌に、名無し、高すっぽの若者の顔を重ねた。

坂崎空也は薩摩剣法を学ぶために外城衆徒と命を懸けて戦ったのち、菱刈郡の麓館の主、渋谷重兼と孫娘の眉月に救われていた。この若者と加治木《かじき》で初めて立ち合ったとき、新蔵は、これほどの技量の若者が武者修行を続けるという決意に驚かされたものだ。この若者がいなくば、鹿児島城下演武館《えんぶかん》の具足開きの場で東

郷示現流を挑発することもなかったろう。そして、その父親を知ったとき、

「この親にしてこの子あり」

と感嘆した。

さらに、あの若者が薩摩で修行をなすために無言の行を自らに課していたことを知り、空也を東郷示現流との確執に巻き込んだ己を悔いた。だが、同時に、あの高すっぽならば、どんな危難も避けて生き抜くであろうと考えてもいた。

一瞬、新蔵は過ぎ去った出来事を走馬灯《そうまとう》のように思い出していたが、

「きええっ」

という次郎兵衛の猿叫《えんきょう》に我に返り、

「おおっ」

と受けていた。

次の瞬間、右蜻蛉の両者は短い間合いを寸毫《すんごう》の間に詰めた。

生死の境。

ふたりの木刀が交差せんとする直前、新蔵の体が次郎兵衛の視界から掻き消えていた。

(ないがあ)

次郎兵衛は頭上を見て、蔵道場の虚空に浮かぶ新蔵の姿を認めた。

直後、両の足を曲げた新蔵の体が、次郎兵衛の巨体に覆いかぶさるように下りてきて、次郎兵衛は木刀を振り上げた。だが、一瞬早く新蔵の木刀が脳天を叩きつぶしていた。

「おおっ」

と高城平八が驚愕の声を洩らした。

ふわり
と土間に着地した新蔵の前で、ゆらゆらと揺れていた次郎兵衛の体が、
どどっ
と崩れ落ちた。

それが、薬丸新蔵と酒匂次郎兵衛の勝負が決した瞬間だった。

長い沈黙がその場を支配した。

「高城様、酒匂次郎兵衛様の亡骸《なきがら》、どうなされますな」

弥助が尋ねた。

「な、亡骸じゃと」

高城にはそのような考えはまるで浮かばなかった。

「剣術家同士の尋常勝負、もはや恩讐《おんしゅう》を超えて葬らねばなりますまい。薩摩藩が受け取らぬと申されるならば、わっしらの手で埋葬させてもらいましょう」

弥助の言葉で高城平八に冷静さが戻ってきた。

「いや、高輪《たかなわ》のわが薩摩藩下屋敷にて引き取り、埋葬いたす」

「ならば暗いうちに、舟にて高輪へ運びましょうか。霧子、舟は三原橋に舫《もや》ってあるな」

と弥助が質すのに、頷いた霧子がその仕度のために姿を消した。

第五章　崇福寺の戦い

一

高木麻衣は、長崎奉行松平石見守の家臣大坂中也が長崎に戻ってきた、と鵜飼寅吉から知らされて、長崎奉行所立山役所に駆け付けた。だが、

「麻衣さん、またあやつ、乞食《こつじき》同然の臭いを体中から漂わせて長屋で熟睡しておるぞ。あの分なら一日二日は眠り込んでおるのではないか。頰《ほお》はこけ、体もだいぶ瘦《や》せておるな」

と寅吉は言った。

「どこかに籠って独り稽古をしていたとやろか」

「まあ、そんなところと見た」

麻衣も寅吉も、空也がなにかを察して、

「独り修行」

をしたと推量した。

なにかとは、おそらく酒匂一派の残党が長崎入りし、戦いの機会を窺っている気配だ。空也はそれに気付いて、先手をとって長崎を離れたのではないか、あるいは戦いに備えて厳しい独り稽古をなしてきたのではないか、と期せずしてふたりは考えていた。

「麻衣さん、あやつが起きたら、風呂を使わせてさっぱりしたところで長崎会所を訪ねさせよう。しばらく待ってくれぬか」

と、形ばかりだが上役の寅吉が麻衣に願った。

「長崎は大騒ぎだというのに、高すっぽさんたら呑気《のんき》たいね」

「エリザ号の沈没騒ぎのことか。こればかりは高すっぽがいたところでなんともなるまい。ましてどこぞの辺鄙《へんぴ》な地に籠っての修行では、長崎を揺るがした騒ぎなど知る由もなかろう。ともかくそれがしが門番に言われて長屋を覗くと、高鼾《たかいびき》で眠っておった」

「まあ、剣術一筋の高すっぽさんがこの長崎にいたとしても、こたびの沈没騒ぎにはなんの役にも立たなかったことはたしかたいね」

落ち着きを取り戻した麻衣は、

「寅吉さん、奉行所の網に薩摩の酒匂一派の動きがひっかかったね」

と尋ねた。

「いや、長崎の薩摩屋敷に変わりはない。麻衣さんのほうはどうじゃな」

「最後の機会とでも思っちょるかね。えろう慎重たい」

「だが、早晩酒匂一派の面々は坂崎空也が長崎に戻ってきたことを知ることになるぞ。あるいはもはや薩摩屋敷のだれぞを通じて、酒匂一派に知らされておるやもしれぬ」

寅吉の言葉に麻衣は頷いた。そしてふたりは、空也が酒匂一派との決着をつけるつもりでいると確信した。

麻衣と寅吉が案じていることなど当人は知る由もなく、空也は長崎奉行所の長屋の一室で眠り呆《ほう》けていた。

樺島から対岸の浜へと泳ぎ渡った空也は、漁師らの厚意で長崎まで漁《いさ》り舟に乗せてもらうことをいったん承知した。だが、漁師のひとりから、長崎に入津していた阿蘭陀の交易帆船エリザ号が、長崎の内海の出入口、高鉾島の岩場に荒波のために打ち付けられ、座礁したことを、さらには曳き船で長崎に連れ戻される間に沈没した騒ぎを知らされた。

（なんと李逛督どのと樺島から遠望した船影は、エリザ号ではなくほかの船であったか）

長崎会所が大騒動になっていることは確実だった。

そんな長崎に戻って稽古などできようか。もうしばらく武者修行を続け、長崎が落ち着いた折りに戻ろうかと空也は考えを変えた。

「ご一統、長崎の騒ぎはどれほど続きましょうか」

「阿蘭陀の船を引き揚げるかどうか、そいが決まるとにくさ、一月《ひとつき》はかかろうたい。引き揚げるとなると半年はかかろうもん」

「長崎会所は大変な損害でございましょうね」

「阿蘭陀と会所の取り引きは済んどると。ならば阿蘭陀さんのほうが大変たいね。ばってん、『うちは知らん』というわけにはいくめい。どげんするか決まるまで長崎は正月どころじゃあるめい」

という網元の言葉を聞いて、空也は長崎へ戻るのを先延ばしにすることにした。

その旨を漁師たちに告げ、この界隈に独り稽古をする場所があるかどうか尋ねてみた。

「なんち言いなるな。長崎に戻るのを延ばして、まだ剣術修行を続けるち言いなるな。呆れた御仁たいね」

と応じた網元に、

「網元、三ッ瀬《みせ》はどげんな。あん島はだれも住んでおるめいが」

「おお、だいもおらんな。わしらが長崎に行く折りにくさ、水と食いもんを時折り届けようたい。好きなだけ修行をしない。そん代わり三ッ瀬はなにもなかよ。水もなか、食いもんもなか。草もよう生えとらんもん」

「その島ならばこちらに来る船から見ました。それがしを渡してもらえますか」

「一期一会《いちごいちえ》の縁たい。三ッ瀬に渡してやろうたい。最前言うたごと、時に食いもんと水ば届けようたい」

ここで網元や漁師が三ッ瀬と呼んだ小島は、端島《はしま》の南西にある岩礁《がんしよう》の島で、後年端島と三ッ瀬の間は埋め立てられ、一つになって、石炭採掘の端島として知られるようになる。現代では「軍艦島《ぐんかんじま》」と呼ばれる島だ。

空也はその日のうちに三ッ瀬に渡された。

南北百七十六間（約三百二十メートル）、東西六十六間（約百二十メートル）ほ

どの、空也が想像したよりも小さな無人島だった。漁師たちは、

「三ッ瀬には草も生えとらん」

と言ったが、ハマススキと思えるものやいくつかの植物が生えていた。漁師が置いていった食い物と水を腹の足しとし、島の洞窟を塒《ねぐら》にして、再び空也は独り稽古に没頭した。

どれほどの日にちが過ぎたか。漁り舟が三ッ瀬に近付いてきて、

「網元からのお告げばい。長崎は落ち着いたげな。あんたも長崎に帰りない、と言うておられると」

と告げた。

そのような次第で漁り舟に乗せられて長崎に戻ってきた空也だった。


二日後、空也は長屋で眠りから覚め、寅吉に命じられて、稽古着にしていた衣服を脱がされ、風呂に入った。

空也が幾たびも体の垢を擦《こす》り落とし、のうのうと湯船に浸《つ》かっていると、脱衣場から麻衣の声がした。

「高すっぽさん、どこにおったと」

「麻衣さんですか、漁師に教えられた三ッ瀬にて独り稽古に明け暮れておりました。まさかあのエリザ号に災難が降りかかろうとは」

「高すっぽ、エリザ号の災難を承知で長崎に帰ってこようとは思わなかったか」

こんどは寅吉の声がした。

「それがしが戻ったからといって、なにか役に立ちましたか」

「ふーん、そなた、意外に情なしじゃな」

「寅吉どのはなんぞ働かれましたか」

「そう言われると、それがしとてなんの役にも立っておらぬ」

寅吉が正直に認めた。

「麻衣さん、沈没したところを漁師どのに教えられました。エリザ号はどうなりますか」

「周防《すおう》国の船頭が沈船引き揚げが上手というので、引き揚げ作業を頼むことになったわ。引き揚げて修理するのに半年はかかるそうよ。実際の損害は引き揚げてみないと分からない」

と麻衣が答えた。

「あの大きな帆船の引き揚げと言われても、それがし、なんの役にも立たないことはたしかです」

「あなたの才は別のことに使うことね。まず長湯から上がりなさい。着替えはここに置いておくから。このぼろ着、洗うの。それより捨てたほうがよさそうだけど」

「洗っても駄目ですか」

「洗う人の身にもなって。乞食《こつじき》さんのぼろ着よりひどいわよ」

「致し方ありません」

空也は捨てることに同意した。

「三ッ瀬暮らしの臭いは尋常じゃなかね」

「この異臭はなかなかのものじゃ」

脱衣場で言い合った麻衣と寅吉の気配が消えた。

幾月ぶりだろう。空也は脱衣場に置かれた、さっぱりとした衣服に着替えて生き返った気分になった。


この日、尚武館を訪ねた渋谷眉月は、おこんと睦月に伴われて小梅村道場を初めて訪れることになった。神保小路近くの雉子橋《きじばし》際に停めてあった屋根船に三人の女が乗り込み、中川英次郎が付き添いで従うことになった。

寛政十年も残り二月《ふたつき》を切っていた。

霧子が初めての子、力之助を産んだばかりの時期だ。

屋根船には炬燵《こたつ》が用意されていた。女たちは炬燵に足を入れたが、英次郎は船頭に近いところに座していた。

「英次郎様、炬燵に入らないのですか」

睦月が英次郎を誘った。

「睦月どの、それがし、痩せても枯れても武士にございますぞ」

「あら、男女席を同じゅうせずって考え、古いわね。眉月様、兄は眉月様のお側《そば》にお寄りになったことがありますの」

問いを眉月に向けた。

「睦月様、空也様との初めての出会いはもうご存じですね」

「川内川に半死半生で流されてきたのでしょう」

「はい。体は冷え切ってもはや元気になるのは難しいと思われました。お医師もそう申されました。でも、私は、必ず助かると思い、六匹の猫といっしょに生死の境にある冷たい体を温めて何日も付きっ切りで看病いたしました」

「まあ、なんということを、空也は眉月様にして頂いたのでしょう」

おこんは眉月の素直な告白に驚き、

「眉月様、そのようなことまで姫様にして頂いたとは、この母は努々《ゆめゆめ》想像もしなかったことでした。お礼の言葉が浮かびません」

と茫然自失して口をしばし噤んだ。

「むろん空也様はご存じございません」

と眉月が微笑み、

「いえ、空也は命の恩人の無心の介護を承知しております。母の私すら出来ない看病をして頂いて」

と絶句した。

「母上、眉月様に嫉妬しているのね」

「嫉妬だなんて、母は眉月様の献身をただただ有難いと思うだけです」

「八代での再会の折りは大怪我をなさっておりました。こんどは斬《き》り傷ゆえ、離れてお医師の治療を見守っただけです」

「八代での別れのとき、兄上は眉月様にお礼の言葉を述べましたか」

「家来の六之丞と私のふたりに、船上からいつまでも深々と頭を下げておいででした」

「兄上にもそのような殊勝な気持ちがあるんだ」

と実妹が呟き、

「兄上と眉月様は、生涯共に過ごす運命《さだめ》にあるのですね」

と言うのへ、

「はい、さようでございます」

そう正直に答えた眉月が、

「英次郎様と睦月様のおふたりも同じ気持ちでございましょう」

と尋ねた。

「英次郎さん、そう」

睦月が英次郎に眉月の問いを転じた。

「睦月様、それがし、空也様や眉月様のように、身を焦がすような出会いや別れをなしたことがございません。江戸にいて睦月様を好きになったのです。それだけの男です」

「なにやら私もそんな気持ちにさせられました」

そう睦月が応じると、おこんが口を挟んだ。

「英次郎さん、睦月、人には様々な生き方がございます。空也のように他人様のお助けを得て武者修行を続けている者も、また江戸にいて地道に剣術修行をしている者も、人それぞれです。この母とて、まさか坂崎磐音の女房になるなんて、考えもしませんでしたよ」

「えっ、どうしてでございますか」

眉月がおこんに訊いた。

四人を乗せた屋根船は、いつしか一石橋《いっこくばし》をくぐり、日本橋《にほんばし》が架かる日本橋川へと入っていった。

「睦月は承知でしょうね。坂崎磐音という人物に許婚がいたことを」

「はい、だれとは申しませんが、ある人から豊後関前時代、奈緒様が父上の許婚であったことを聞かされました」

睦月の返答に頷いたおこんが、

「この世には互いに約定し惚《ほ》れ合った同士でも、別れねばならないことがあるのです。あなた方にはいつの日か、長い物語を話す機会があると思います。眉月様、あなたも胸の想いを大事になされませ」

おこんの言葉を嚙みしめるように聞いていた眉月が長いこと沈思し、

「はい」

と答えた。

この日、眉月は小梅村で空也が剣術の稽古を始めたという庭の堅木《かたぎ》を見て、訝しそうな顔を見せた。

「おこん様、空也様が初めて剣術の稽古を始めた庭でございますか。まるで麓館の道場のようです」

おこんが英次郎を見た。その顔は説明せよと言っていた。

「眉月様、空也どのが打ち込み稽古をした野天道場とは少し様子が違います。なぜなら薬丸新蔵どのがこの小梅村で空也どのの稽古場を見て関心を示し、稽古をなしたのです。ところが何年も使っておらず風雨にさらされた堅木はもろくなっておりました。そこで新蔵どのが新しく薩摩風に堅木を立て直したのです」

英次郎の言葉を聞いた眉月は、

「空也様と新蔵さん、不思議な因縁で結ばれているのですね」

としみじみとした言葉を洩らした。

おこんたちは早苗の打った蕎麦《そば》を頂戴し、小梅村の道場や、飼い犬のシロとヤマと一緒に桜餅《さくらもち》で有名な長命寺《ちょうめいじ》をお参りしたりして、楽しい時を過ごした。

小梅村の船着場を離れた帰り船の船頭に、おこんが命じた。

「船頭さん、吾妻橋《あづまばし》の西詰《にしづめ》に立ち寄ってくださいな」

へえ、と心得顔の船頭が、小梅村から隅田川の流れを斜めに横切って右岸に寄せた。

「おこん様、浅草寺にお参りするのは何年ぶりでございましょう」

と眉月がおこんに言った。おこんは眉月に微笑み返し、

「薩摩でお祖父様と何年もお過ごしになったのですものね」

「そのお蔭で空也様と出会うことができたのです」

と眉月は応じた。

おこんら三人の女たちを警護した中川英次郎が浅草寺本堂へと向かった。そして、線香の煙をかけ合った一行は本堂にお参りした。

「おや、今津屋のおこん様じゃないかえ」

「今は天下の尚武館坂崎道場の奥方様だ」

「あのふたりの娘はよ、おこんさんの娘かね」

「ああ、両人して美形のところを見ると娘だな」

などと、おこんの昔を知る男たちが言い合った。

「驚きました。おこん様は江戸では名の知れたお方なのですね。お蔭さまで私まで美形の仲間入りをさせていただきました」

眉月が嬉《うれ》しそうに言った。

「昔の話です、眉月様」

と軽くいなしたおこんが、

「もう一軒、お付き合いくださいな、眉月様」

と言って眉月を浅草寺門前の最上紅前田屋に連れていった。

紅染めの旗が屋根の上になびくお店の前に立った眉月が、

「おこん様、こちらはもしや」

といささか慌てた声音で尋ねた。

睦月が英次郎を連れて先に暖簾《のれん》をくぐった。店前に残されたのはおこんと眉月のふたりだ。

「最前、小梅村で早苗さんから蕎麦を馳走になりましたね。その妹の秋世《あきよ》さんがこの店を任されているの」

「と申されますと、お店の主は」

「最前、わが亭主の許婚だった奈緒様の話をいたしましたね」

「お聞きしました」

「このお店の女主人が奈緒様です」

とおこんが微笑み、

「奈緒様が丹精込めた紅花から作られた品々をご覧ください」

中に眉月を案内した。

「おこん様、眉月様、よういらっしゃいました」

奈緒の娘のお紅《こう》がふたりに声をかけた。

兄の鶴次郎《つるじろう》を仙台堀伊勢崎町《せんだいぼりいせざきちょう》の本所篠之助《ほんじよしのすけ》方に見習いとして奉公に出した奈緒は、関前藩の御用船に乗り、関前藩へとひとりで戻り江戸を不在にしていた。

この日、眉月は気持ちの整理がつかないほど多くの驚きに見舞われた。

最後に屋根船が幸橋御門内の薩摩藩江戸藩邸に着けられたとき、おこんから贈られた紅板《べにいた》を手に、空也とのさらに強く深い絆を感じていた。

二

空也は長崎に戻り、長崎奉行所の道場で独り稽古に打ち込んでいた。

「朝に三千、夕べに八千」

の続け打ちを終えた後、奉行所の面々が稽古に姿を見せる。だが、すでにそのときには、稽古着姿の空也は未だ目覚めていない長崎の町を走り抜けて、浦五島《うらごとう》町《まち》の福岡藩長崎屋敷の道場に向かっていた。

また時には大黒町《だいこくまち》の佐賀藩長崎屋敷まで足を伸ばし、稽古を願っていた。

長崎御番の福岡藩、佐賀藩の藩士との稽古に際して空也は、相手との間合い、緩急を自ら意識しながら稽古をした。

稽古で一本を取る、あるいは取られることは空也にとって重要なことではない。初めての相手とどう対処するか、そのことを重視して稽古を積んだ。

そんな日々が戻ってきたとき、江戸の眉月から長崎奉行所の大坂中也宛てに文が届いた。

その文の中には、眉月がしばしば神保小路の坂崎邸を訪れ、時におこんや睦月に連れられて小梅村を訪ねた様子が認《したた》められていた。

空也は眉月が江戸の両親のもとで坂崎家と交流を深めながら過ごしていることを知り、心が落ち着いた。

この日の文の最後に重要なことが記されていた。

薬丸新蔵が江戸で開いた野太刀流の道場に、酒匂兵衛入道の次男次郎兵衛が訪れ、新蔵と一対一の尋常勝負をなしたという。

その結果、新蔵が次郎兵衛を斃したという一事が書かれてあった。

眉月はその戦いの経緯を、勝負に見聞役として立ち会った重富霧子から聞かされ、空也に伝えてきたのだ。この一事に空也は安堵すると同時に、いよいよ新蔵の立場が厳しくなるのではないかと案じた。

そして長崎に滞在する空也は、東郷示現流酒匂一派の最後の刺客、嫡男の太郎兵衛との戦いが迫っていると覚悟せざるを得なかった。

そんな日々、高木麻衣からエリザ号の沈没した現場、対岸の木鉢浦に見物に誘われ、長崎会所の船で同行した。

そのエリザ号の高い主檣や前檣が海面から突き出た現場では、周防国の船頭にして沈船引き揚げに巧みな村井喜右衛門《むらいきえもん》が指揮して、阿蘭陀人や長崎会所や奉行所の役人が見守る中、船体に積んであった大量の銅と樟脳を取り出す作業が行われていた。

「あのエリザ号がかような姿になるのですか」

「エリザ号のような大きな船でも自然の脅威には太刀打ちできないわ。この座礁事故のように、不意打ちを食らって動けなくなることがあるの。和船ならば、座礁した岩場で砕けて死人も出たわね。それに、エリザ号は長崎の内海で座礁したからまだ運がよかったのよ。けが人も少なくて済んだしね」

「こんな大きな帆船を浮上させるなんてことが和人にもできるのですね」

「周防国は瀬戸内海に面しているわ。廻船の事故などに立ち会い、浮上させる技を身につけたのね」

と麻衣が言ったとき、空也は久しぶりに尖《とが》った殺意が身に突き刺さる感触を持った。

この監視の眼は、戦いがそう遠くないことを教えていた。

「妙ね、ぞくぞくするわ」

麻衣も同じ殺意を感じ取ったか、空也を見て呟いた。

「薩摩の衆だと思います」

前置きした空也は、江戸の薬丸新蔵のもとへ、酒匂兵衛入道の次男酒匂次郎兵衛が訪れ、尋常勝負をなしたことを告げた。

「どちらが生き残ったの」

「新蔵どのです」

「高すっぽさんと同じように薩摩の酒匂一派に追われる人物が薬丸新蔵という人物だったわね」

「はい。新蔵どのが次郎兵衛どのを斃したいま、酒匂兵衛入道様の三人の倅で、残るは嫡子の太郎兵衛どのだけです」

「その人物がこの殺気の主と思うの」

「太郎兵衛どのに従う酒匂一派の残党でしょう。太郎兵衛どのは、なんとなくですが未だ長崎入りはしていないように思えます」

「太郎兵衛なる人物が長崎入りしたら、坂崎空也、あなたの前に現れるというのね」

「それがしが長崎の暮らしに慣れて、安逸をむさぼるときを狙うておいででしょう。それがしが追っ手の側なら、その機会を狙うて行動します」

「高すっぽさんはどうする気なの」

「その折りを待ちます」

「勝つ自信があるのね」

「剣術家の勝負は常に紙一重、天の運命《さだめ》か、時の運が決めることです。自信などありませんし、持ってもなりません。無心に戦いに臨むだけです。おそらく酒匂太郎兵衛どのも同じ考えでしょう。ゆえに長崎に入らずにこちらの気が緩むのを気長に待っておられる」

「まだ十九歳の坂崎空也たい。せかせかせんと、大した肝の据わりようたい」

麻衣が長崎弁で茶化した。だが、口調は真剣だった。

「ほかにどうしろと言われるのですか」

寛政十年の師走《しわす》が数日後に近付いていた。

「今晩、私に付き合わんね」

不意に麻衣が言った。

「長崎の姉様の申されること、断わるわけにはいきますまい」

空也が答えると、麻衣が長崎会所の船を長崎に戻すよう命じた。


この宵、空也が麻衣に連れていかれたのは望海楼だった。

「麻衣さん、父の思い出話をまたしようというのですか」

「若い遊女さんはどげんね」

「長崎の姉さんは弟を唆されますか」

「ふっふっふふ」

と嬉しそうに笑った麻衣が、

「父御も倅どんも一緒やね、どなたさん一筋たいね」

と言ったものだ。

「おかしゃまのおかからさんから、空也さんを連れてきてと招かれたの。夕餉でもご一緒したいのじゃないの」

と望海楼の門前で麻衣が今宵の招きを説明した。

「それがし、なんのお役にも立っておりません」

「高すっぽさん、あなたの噂はすでに長崎じゅうが承知よ。松平石見守様の家来大坂中也は、なかなかの凄腕だとね。だれが流したか、あなたの身分はお奉行の家来ではないと言う人もいるわ」

空也は望海楼の灯りで麻衣を見た。

「もはや高すっぽさんを追っている薩摩もその正体は承知よね」

「はい」

「いつなりとも覚悟ができているの」

「そうありたいと思うております」

「大したもんたい、父子でくさ」

と言い残した麻衣が望海楼の玄関の暖簾をくぐり、空也も続こうとした。

そのとき、空也の背に刺すような視線を感じた。だが、知らぬ振りで暖簾をくぐると、若女将《わかおかみ》のおいねが麻衣と話していた。

「ようやく来らしたとね。覚えとるね、麻衣さんがたい、あんたばうちに連れてきてから九月《くつき》近く過ぎとろうもん」

傾城町《けいせいまち》丸山の老舗《しにせ》妓楼望海楼の若女将が空也を見て微笑んだ。

「ご挨拶をと思いながら、それがしにはこちらの敷居は高うございます」

「剣術の道場ごといかんたいね」

と応じたおいねが、

「おかしゃまが待っとらすたい。今宵《しよう》は二階座敷に席を用意しとると」

空也と麻衣は老舗妓楼の二階座敷に請じられた。するとそこには丸い卓いっぱいの豪華な卓袱料理がすでに並べられていた。

「麻衣さん、われらの席ではありますまい」

「高すっぽさん、あんたさんが正客《しようきやく》たい」

おいねが言うところに大女将のおからも姿を見せた。

「ご無沙汰《ぶさた》いたしております」

「おかしゃま、うちの敷居が高かげな」

おいねが母親に言った。

「親父様とよう似とらすたい」

と笑ったおかからが、

「うちは嬉しかと。あんたさんの親父様から丁寧な文を貰うたと。あんしゃん、うちに来たことを伝えたげな」

「はい。父にこちらにお邪魔したことだけを伝えました」

「父子たいね。以心伝心、どげん話をここでしたか、親父様は承知たい。ただ今では天下無双の剣術家、上様お認めの尚武館道場の主から、長崎のこん私に文が来てくさ、『父子で世話になります。よしなにご指導くだされ』と願われたとよ。天下一のお武家様が妓楼の主にこげん文ばくれなさって、うちは涙が止まらんかったと」

この宵の招きの曰くを説明した。

「父にとって、それがしは未だ心配なのでございましょうか」

「いや、親父様は承知たい。倅が武者修行に出た理由をたい。今宵は、皆で美味《うま》かもんを食べて、あれこれ話ばしようたい」

おからの言葉を待っていたように、女三人に望海楼の遊女ふたりが加わり、賑やかに酒を酌み交わし、料理に舌鼓《したつづみ》をうった。ただし、酒を飲んだのは女衆五人で、男の空也だけが卓袱料理を何人前も食して満足した。

望海楼を麻衣と空也が辞去したのは四つ、異人の時刻で午後十時過ぎのことだった。

麻衣は空也の腕にもたれて千鳥足《ちどりあし》で船大工町《ふなだいくまち》へと出た。

「酒は飲めんとな、飲まんとな」

麻衣が空也に絡むように言った。

そのとき、ふたりの前に四人の人影が立ち塞がった。

「坂崎空也じゃっどが」

四人のうちのひとりが、念を押すように質した。

「いかにも坂崎空也にございます」

「うっ殺す」

そのひとりが柞《ゆす》の木刀を構えた。

ほかの三人は背後で見守る構えだ。

「あんしゃん、だれな」

麻衣が訊きながら背の帯に手を回した。そこには堺筒が隠されていた。

「麻衣さん、それがしの戦いにござる。見守ってくだされ」

と麻衣を背に回した。

「そなた方、それがしに木刀を貸してくだされ」

と願った。

「なんば言いよっか」

「木刀勝負を願うております」

しばし考えたひとりが杵の木刀を空也に投げた。それを受け取った空也は修理亮盛光を腰から抜くと、麻衣に預けた。

「薩摩剣法で立ち合うつもりなの」

「相手もそれを望んでおられましょう」

くるりと向き直った空也が、

「お待たせ申しました」

と一礼し、木刀を片手で振って、手に馴染ませた。

一番手は薩摩に生まれ育ち、長崎も江戸も知らぬ、そんな形《なり》の男だった。

「そなたは酒匂兵衛入道様の弟子ですか」

「おいは兵衛入道の甥《おい》の酒匂光五郎《みつごろう》たい。鹿児島の外城《とじょう》で育ったと。従弟《いとこ》の仇ば討つ」

「それがし、坂崎空也、そなた様にはなんの恨みつらみもございません」

「おいにはあっと」

と空也との会話を封じた酒匂光五郎が木刀を左蜻蛉に構えた。武骨ながら続け打ちを何年も続けてきた構えだった。

空也は借り受けた木刀を静かに右蜻蛉に上げた。

その瞬間、見守る三人の中から、

「うっ」

という驚きの声が洩れた。

空也の右蜻蛉の構えが、ぴたりと決まっていた。そのうえ、見たこともないような雄大な構えに、三人は圧倒された。

「光五郎、油断すっとじゃなか」

と仲間のひとりが大声で忠言した。

光五郎は、

「せからし」

と応じると、一気に空也に向かって踏み込んできた。

空也は見守る三人のほかに別のひとりが闇の中から戦いを見ていることを察していた。

右蜻蛉のまま、空也は微動だにしない。

光五郎が間合いの中に飛び込んできた。

その瞬間、すっ、とその場で空也は伸び上がり、相手の木刀に合わせるように右蜻蛉の木刀を振り下ろした。一見、そよ風が吹いたように緩やかな動きに見えた。

次の瞬間、二本の木刀がぶつかり、一本がへし折られてさらに肩口を叩いてその場に転がしていた。

東郷示現流の猛者《もさ》にとっても不思議な反撃技であった。

一瞬の勝負に三人は言葉を失っていた。

「お三方にお願い申す」

空也の落ち着いた声音にだれも言葉を発しない。

「酒匂太郎兵衛どのにお伝え願いたい。太郎兵衛どのの望みは、それがし坂崎空也と立ち合うことでござろう。ならば、場所と日時を決め、ふたりだけの尋常勝負で事の決着を図られぬかと。薩摩武士は、なによりも矜持《きょうじ》を貴ぶ士と心得ております。一対一の勝負の日時と場所を、長崎会所の高木麻衣どのにお知らせ願いたい。それがし、指定の場所に指定の刻限、一人《いちにん》にて間違いなく参ります。この件やいかに」

空也はこの勝負を闇から見ている者に告げていた。だが、返答は闇に潜む者から返ってくるわけもない。

「怪我をした仲間をお医師のもとへお連れくだされ」

空也は木刀を足元へ丁重に置いた。

「参りましょうか、麻衣さん」

と麻衣に言葉をかけたとき、三人のうちの頭分《かしら》か、壮年の武士が、

「坂崎空也どの、ただ今の言葉、しかと承った。太郎兵衛様にしかと伝える」

と応じた。

「それは重畳《ちょうじょう》」

空也は麻衣を伴い、長崎会所へ戻ろうとした。

「坂崎どの、一つだけ申し添えておこう」

「お聞きいたします」

「酒匂兵衛入道どのの嫡男太郎兵衛様は、父や弟ふたりを凌ぐ東郷示現流の達人なり。されど酒匂一派の中でも成人した太郎兵衛様と立ち合うた者はおろか、面会した者も親兄弟のほかにおるまい。またその技量を知る者は、亡くなられた兵衛入道様のみ、われらの間では神秘の人なり。そなたも覚悟の上にて立ち合いなされ」

「ご親切なるお言葉、しかと承りました」

と空也が返答をした。

「そなたに質しておく。薩摩に入って川内川に流れ着いた折り、そなた、口を利くことを封じていたようじゃが、そのとき、太郎兵衛様のことを承知であったか」

「承知と申されますと、なんのことでございましょう」

相手はしばし逡巡《しゅんじゅん》したのち、一気に告げた。

「酒匂太郎兵衛様は生まれつき、口が利けないお方じゃ。父の兵衛入道様は髷を自ら切り、僧侶に身を俏《やつ》し、『嫡子の口を直してくだされ、その折りはわが身を捧げ申す』と誓われた。じゃが、太郎兵衛様はこれまで口を利かれることはなかった。そのために父自らが嫡子に東郷示現流の基《もとい》からさらには酒匂家に伝わる秘剣までを伝えられたと聞く。薬丸新蔵が具足開きの折りに東郷示現流を挑発し、ついにはそなたを引き出して藩主齊宣様の前で見せた立ち合いより、兵衛入道様を憤激させたのは、そのほうが口を利かぬ者という一事に対してである。肥薩の国境にて待ち伏せなされたとき、嫡子太郎兵衛様を愚弄《ぐろう》してのことかと、さように質されなかったか」

「いえ、さような問いはございませんでした」

「じゃがそなたは、立派に口が利けるにもかかわらず、薩摩滞在中は口を封じた姿で、麓館の渋谷重兼様の親切に救われた。小賢しき考えで薩摩剣法を盗んだことが、われら酒匂一派がその後執拗にそなたを責め立てる理由じゃ。分かるか、坂崎空也」

空也は、酒匂太郎兵衛が生まれつき口の利けぬことに驚きを禁じ得なかった。

「それがし、太郎兵衛どののこと一切知らず。それがしが口を封じて薩摩入りしたのは、偏《ひとえ》に薩摩剣法を修行したいがゆえの方便にござる。まさか太郎兵衛どのがさような身とは。もはや言い訳はいたしますまい。酒匂太郎兵衛どのと坂崎空也、剣術家同士の尋常勝負として、そちらの提案の日時にその場所へ必ず出向きます。それでようございますな」

「相分かった。酒匂一派師範南郷正《なんごうしょう》右衛門《えもん》、しかと太郎兵衛様の従者にそなたの返事を伝える」

空也は会釈を南郷に返すと、麻衣を伴い長崎会所へと足を向けた。

三

磐音は、朝稽古を終えて尚武館道場から母屋に戻る途中、庭で不意に立ち止まった。

胸騒ぎを覚えたからだ。

修羅場に身を置いた剣術家ならではの感覚だった。胸騒ぎは、この江戸ではない、と思った。

江戸では薬丸新蔵が、酒匂兵衛入道の次男次郎兵衛の挑戦を受けて勝ちを得ていた。この勝負に関して薩摩藩江戸藩邸は、まったく関知していない。いや、そのような勝負があったこと自体闇に葬って沈黙を貫いていた。

ために三十間堀三原橋近くの野太刀流薬丸道場は閉鎖されることもなく営まれ

ていた。門弟は三十数人を数え、新蔵が当初考えた、一気に江戸で武名を高めるほどではなかった。

道場の建物そのものが昔は味噌蔵として使われていたものであり、道場としては狭かった。そのうえ、裸足で稽古をする薩摩剣法の稽古方法は、

「武士が土の上で裸足で稽古するなど野暮の極み」

と東国武士の間では忌避されたようで、門弟数はこの数で落ち着いていた。

とすれば長崎にいる空也の身辺でなにかが起ころうとしていると、磐音は考えた。

酒匂兵衛入道の遺児、三兄弟の中で、門弟にさえも顔や行動が知られていないのが嫡子の太郎兵衛だった。

弥助や霧子が薩摩藩江戸藩邸の関わりの者から太郎兵衛の人物を探り出そうとしたが、太郎兵衛を知る者はひとりとしていなかった。

酒匂兵衛入道が健在で、薩摩藩士であった時分から跡継ぎと目されてきた太郎兵衛の存在そのものが、江戸では知られていないのだ。江戸に出たこともなく、鹿児島でも知られておらず、謎に包まれていた。

だが、東郷示現流の門弟衆の中心的存在である酒匂一派の後継者は、太郎兵衛

とだれが言うともなく決められていた。そんな神秘的な酒匂太郎兵衛が空也との対決を狙っているのは、これまでの経緯を考えれば至極当然といえた。

磐音の胸騒ぎは、太郎兵衛がいよいよ表に出る決意をし、空也との勝負を決断したということではないか。

磐音は道場と母屋との間にある庭にしばし立ち止まり、考えた。だが、もはや父親が手を差し伸べることはできない。

（長崎からの知らせを待つ）

それしかない、と剣術家の父としての自明の理に至ったとき、不意に感じた胸騒ぎを、おこんや睦月には決して口にするまいと己に言い聞かせた。

樹木が多い庭から母屋の開けた前庭へと出た。すると今津屋老分《ろうぶん》番頭の由蔵《よしぞう》が穏やかな陽射しが降る縁側でおこんと茶を喫しながら談笑していた。

「朝稽古の指導は終わりましたかな」

「もはやそれがしが道場に出ずとも、稽古はいつものように行われます。ただ、道場の隅で独り稽古をして参りました」

と答えた磐音が、

「おこん、それがしにも茶をくれぬか」

と願った。

「今すぐに」

と言い残したおこんが母屋の縁側から台所に姿を消した。

このところ磐音は今津屋を訪ねていなかった。また由蔵が神保小路に姿を見せることもなかった。

久しぶりの神保小路訪問には、なんぞ用事があるように思えた。

「銭相場が安値のうえに物の値が高くなり、五街道の各宿場が困窮甚《はなは》だしゅうございましてな。公儀は東海道の人馬賃の二割、ほかの街道は一割五分の賃上げを十か年にかぎり許されました。物が動かなければ景気が上がらぬとお考えのようですがな、どれほどの効き目がございますかな」

由蔵が言った。

両替屋行司の今津屋の商いに銭相場の安値は少なからず影響するのは当然で、物価の値上がりはさらに深刻であろうと磐音は思ったが、それが由蔵の訪いの理由とは思えなかった。

「宮戸川《みやとがわ》の鉄五郎《てつごろう》親方も値を上げたいのはやまやまながら、ただ今でも客が少なくなっている折り、値上げするといよいよ商いがおかしくなるので、値上げは歯を食いしばって我慢していると、品川さんが伝えてくれました」

「商いはどこも音《ね》を上げておりましょうな」

と言った由蔵が、

「長崎の空也様はどうしておられます」

と話柄を空也に振った。

「このところ、空也はもとよりどこからも便りはござらぬゆえ、息災であろうと思うております」

と磐音が応じたとき、おこんが磐音の茶を運んできた。

「長崎の内海で阿蘭陀の交易帆船が荒波にもまれて座礁して、えらい被害のようでございますぞ」

「ほう、さようなことがございましたか」

「ともかく時代の変わり目でございましょうかな。江戸幕府が開かれて二百年になろうとしております。大きな声では申せませんが、商いも異人の国と大がかりに行わぬと、この沈滞を抜け出すことはできぬと申されるお方もございますな」

由蔵の意見は、経世家《けいせいか》本多《ほんだ》利明《としあき》がこの年の秋に世に問うた『西域物語《せいいきものがたり》』であろうと、磐音は思った。本多は政《まつりごと》や商いのゆき詰まりを打開するには、鎖国を解き、西洋の先進的な知識に見倣って政治体制の活性化を図るべしと主張していた。

「かような時節に空也様が長崎におられるのは、大変喜ばしいことではございますまいか」

「由蔵さん、空也は武者修行にて長崎に立ち寄っているのですよ。空也は政や異国との商いに関心がありましょうか」

「おこんさん、空也様は未だ武者修行を長崎にて続けておられましょう。一方、長崎会所ともお付き合いがあると申されましたな。この長崎会所こそ異国交易の窓口、空也様は必ずや異国のあれこれに関心を示されましょう」

由蔵の言葉を聞いた磐音は、空也は長崎を知ることで、

「武者修行とはなんのためになすのか」

という疑問を抱いているのではないか、と思った。だが、武者修行とは、剣術の技を磨くことだけではないと空也には教えていた。あらゆる分野で進んだ先進国の人物や事物に出会ったとき、どう反応するかも武者修行の大事な経験だと空也は知っている、と磐音は思った。

三人は期せずして長崎の空也を思いつつ、沈黙の間があった。

「坂崎様、薩摩の前の藩主島津重豪様の重臣であった渋谷重兼様が江戸に出てお

いでのようですね」

「はい、孫娘の眉月様と一緒に江戸へ出ておられます」

「お会いになりましたか」

「はい。過日、三代揃うてわが屋敷においでになりました。空也の命の恩人に直にお礼を申し上げました」

と磐音が言い、由蔵が、

「渋谷重兼様は、重豪様と当代の島津齊宣様の間に立って、その仲介にご苦労なさっておられるようです」

「と、それがしも聞いております。そのためになかなかお目にかかる機会がございませんでな」

当代の齊宣は父重豪時代の幕閣に繋《つな》がるような華々しい政治より、藩財政の健全化を目指して、そのような陣容で重豪の院政を避けようとしていた。この父子の対立は、後々齊宣が隠居してその子の齊興《なりおき》の襲封《しゅうほう》、そして、重豪の院政と混乱を極めることになる。

渋谷重兼が前藩主の重豪と当代の齊宣の間に入り、なんとか調整しようと江戸に出てきたことは、磐音にも推量がついていた。

「坂崎様、渋谷重兼様がこちらにしばらくお姿を見せられないのは、上様と近い立場におられる坂崎磐音様と島津重豪様が親しい交わりをなすよう取り計らう役目をさせられないようにするためではありますまいか」

と由蔵が言った。

磐音は、はたとそのことに気付かされた。

高木麻衣が長崎会所に戻ったとき、門番が、

「麻衣様、こげん文がいつの間にか番屋に置かれとりましたと」

と差し出した。表には武骨な字で、

「長崎会所高木麻衣気付」

とあった。

麻衣はすぐに坂崎空也に宛てられた酒匂太郎兵衛の書状と察した。

「だれが置いたか、気付いておらんち、言いなるな」

麻衣の語調は険しかった。

「わっつも番屋を外した覚えはございませんと。ばってん、気付いたときにはたい、こん文がここにありましたと」

門番が番屋の中の上がり框《かまち》を指した。

薩摩藩と関わりのある者が長崎会所に入り込んでいることは十分考えられた。そのような人物がどのような方法か、策を巡らせて置いたのだろう。

麻衣は番屋に掛かる異国到来の時計を見た。

午前十一時過ぎだ。

となれば、空也は福岡藩か佐賀藩の剣道場にいるはずだ。

麻衣は浦五島町の福岡藩黒田屋敷に足を向けた。

麻衣は長崎ではどこの大名家の屋敷でも顔が知られており、福岡藩黒田屋敷でもすぐに剣道場に通された。

通常、剣道場に女が立ち入ることはない。だが、長崎会所の麻衣だけは特別扱いであった。

空也は、黒田屋敷の剣道場で掛かり稽古をしていた。

もはや黒田家の大半の長崎御番衆が空也の正体を承知していた。

ゆえに最初に黒田屋敷の剣道場で立ち合ったときの挑発的な態度は消えていた。

むしろ、空也に教えを乞おうとする様子さえ窺えた。

麻衣は道場の出口にひっそりと座って稽古が終わるのを待っていた。そんな麻衣の前で、空也は次から次へと掛かり稽古を願う藩士たちの相手を無心に務めていた。

出島の阿蘭陀商館の大時計が九つ、正午を知らせる音が風に乗って麻衣の耳に聞こえたとき、空也が掛かり稽古をやめて相手に一礼し、麻衣のもとへやって来た。

「麻衣さんが剣道場に姿を見せるとは珍しいですね」

「長崎でんたい、女子が剣道場に入ることはなかと」

「麻衣さんは格別でしょう」

「なんやら女子んうちに麻衣は入らん、と言うとると違うね」

「さような意味ではございません」

と答えた空也に麻衣が、

「文が届いたと」

とぽんと胸を叩いた。

「汗を流して着替えをしてきます」

空也は井戸端へと向かった。

四半刻後、麻衣と空也は波止場にいて、師走の潮風に吹かれながら出島を見ていた。

火事で焼失した一件は、長崎会所が銀を貸与して商館長屋敷以外の出島屋敷をわずか半年で修復させていた。

九月に修復した出島に阿蘭陀国旗が潮風に翻っていた。

「高すっぽさん、文がだれからきたか承知よね」

「麻衣さん気付ではひとりしか心当たりはありません」

空也の返事を聞いて、麻衣は襟元から無骨な書休の宛て名が書かれた文を出して渡した。

「やはり酒匂太郎兵衛どのは現身《うつしみ》のようだ」

封書の裏を返して差出人を確かめた空也が呟いた。

「名はないのよ」

「たしかにありません。それだけに、太郎兵衛どのが真《まこと》に生きておられると、この差出人の名無しどのが告げていませんか」

「読まないの」

麻衣が催促した。

「麻衣さん、望海楼からの帰り道、相手方に約定いたしました。太郎兵衛どのとそれがし、一対一の尋常勝負と」

「高すっぽさん、東郷示現流の高弟酒匂兵衛入道との戦い以来、これまで何人もの刺客と命を懸けて戦ってきたわね。そして、悉《ことごと》く相手を斃してきた。酒匂一派の憎しみは半端ではないわ。酒匂太郎兵衛って人がどのような人物か、うちでも調べがつかなかった。いい、相手は太郎兵衛ひとりではないはずよ」

「構いません。それがしはそれがしの約定を守るだけです」

と応じた空也が封を披いた。

「分紫《ぶんし》山福済寺《ざんふくさいじ》　今宵九つ
　　　　酒匂太郎兵衛」

との二行で空也の名すら認められていなかった。

「いつ、どこへ来いというの」

空也は文を麻衣に渡し、

「福済寺とはどこにありますか」

と尋ねた。

「下筑後町《しもちくごまち》の寺よ。あか寺のある寺町と町並みを挟んで反対側にある寺たい」

「唐寺ですか」

「長崎の寺の多くが唐人との関わりで開山されているの。泉州《せんしゅう》人のお坊さんが寛《かん》永《えい》五年（一六二八）に開いたお寺さんと聞いたことがあるわ。今からおよそ百七十年前ね」

長崎奉行所立山役所と佐賀藩の鍋島屋敷の間の方角を指差した麻衣が、

「酒匂太郎兵衛は福済寺と関わりがあるのかしら」

と首を傾《かし》げた。

「これから見に行くの」

「いえ、およその場所が分かれば相手がそれがしを見付けてくれましょう」

空也には麻衣に案内されて対決の地を下見することが有利とは思えなかった。

ゆえにそう答えた。

麻衣が文を閉じて空也に返した。

「麻衣さん、最前の話、必ず守ってください」

「相手が何者か分からないのよ。そんな相手と直に約束をしたわけでもないでしよ。飛び道具くらいは用意してくるわ」

「麻衣さん、太郎兵衛どのは東郷示現流の高弟酒匂家に残ったただ一人《いちにん》の剣術家です。それがしを飛び道具で斃したところで、酒匂一族の無念は消えますまい。木刀なり剣で斃してこそ、一族の仇が討て、さらには東郷示現流の剣術家として復帰できるのです」

「高すっぽさん、薩摩の剣法がどのようなものか、女の私には分からんたい。ばってん、この文には作為が感じられると」

麻衣が必死で空也に訴えた。

「その折りはその折りで対処します」

「高すっぽさん、これまであなたが生き残ってきたとはたい、力だけではなかとよ」

「麻衣さん、運と申されますか」

「それもあろうたい」

「運が尽きて敗北するなら、それもまた運命《さだめ》です」

空也は武者修行を始めたばかりの頃、日向《ひゅうが》国延岡《のべおか》城下を流れる五《ご》ヶ瀬《せ》川《がわ》の岸辺で出会った遊行僧の無言の教え、

（捨ててこそ）

を思い出していた。

「麻衣さん、本日はこれにてお別れします。もし明日があれば」

麻衣がぐいっと空也の両手を握り、

「眉月様のためにも私の願いを聞いて」

と縋る眼差しで訴えた。

文を握った両手をしばし麻衣の手に預けていた空也は、にっこりと笑い、

「それがし、生きて麻衣さんにお目にかかります、必ずや」

と言うと、空也は優しく麻衣の手を解き、長崎奉行所立山役所へと上がっていった。

四

鵜飼寅吉は、空也の長屋の灯りが灯っていることを確かめた。どうやら部屋の主が文を認めている様子が窺えた。

長崎会所の高木麻衣から連絡《つなぎ》があった。

今宵九つ福済寺で、坂崎空也が酒匂太郎兵衛と一対一の尋常勝負をなすと知らせてきたのだ。

麻衣は、空也からくれぐれもこの勝負に助勢や見聞の者を出さないでほしいと釘《くぎ》を刺されているという。それは太郎兵衛があくまでひとりで空也と対決することを前提とした申し出だと思うと麻衣は書き添えていた。さりながら麻衣は、酒匂一派が最後の対戦者である酒匂太郎兵衛一人《いちにん》だけを送り出すとは考えられないというのだ。

寅吉も麻衣と同じ懸念を持った。ゆえに空也の動きを見張っていたのだ。

四つ（午後十時）の刻限、空也は厠に行った。

厠で用を足したあと、少しでも休息をとるのではないかと寅吉は考えた。だが、空也は厠から戻ってくる気配がない。寅吉は厠に走り、空也の気配がないことに気付いた。慌てて長屋にとって返すと、明るい室内に空也の気配はなかった。

（まさか）

そっと戸を開け、空也の長屋を調べた。きれいに片付いた部屋に数通の書状が置かれてあった。一番上は父の坂崎磐音に宛てたものだ。部屋から大小だけが消えていた。愛用の木刀は残されていた。

「しまった」

寅吉は灯りを吹き消すと、長崎奉行所立山役所の表門に走った。不寝番の若い門番に質した。

「おい、大坂中也どのは外出したか」

「いえ、二刻ほど前に戻られて以来、出かけられておりません」

門番の答えを聞いた寅吉は裏門へと走った。

寅吉の慌てぶりに表門の門番は、先刻届いた書状を空也に渡した事実を伝え忘れた。

一方、裏門に走った寅吉は、裏門の門番から大坂中也が出かけた様子はないと聞かされた。どこから抜けたか。寅吉は思い付かないまま裏門を飛び出すと、下筑後町の福済寺に走った。

九つの刻限には未だ半刻、異人の時間で一時間はあった。

福済寺近くに来たとき、前に人影が立った。

高木麻衣だ。

「どうかしたの」

「高すっぽが長屋から消えた。長屋の中はきれいに片付けられて、父御らに宛てた文が残されており、愛用の木刀は残されているが、大小がない」

「空也さんは、寅吉さんが見張っていることを承知していたのね」

と答えた麻衣は、刻限になればこの福済寺に坂崎空也も酒匂太郎兵衛も姿を見せるはずだと思い直した。だが、急に不安が胸に生じて大きく膨らんだ。

「この福済寺が戦いの場なのかしら」

「麻衣さん、そなたが太郎兵衛からの文を読んだと言ったではないか」

「空也さんから見せられたわ。まさか」

「まさか、どうした」

「二通目の文が空也さんに届けられていないかしら」

麻衣の疑問の声に寅吉がしばし沈黙し、

「二通目が届けられたとしたら、長崎奉行所の立山役所しかなかろう」

ふたりは福済寺の門前をちらりと窺い、立山役所に走り出した。


そのとき、坂崎空也は酒匂太郎兵衛から立山役所に届けられた二通目の書状に従い、福済寺とは大川を挟んで反対側の寺町、鍛冶屋町《かじやまち》の聖寿山《しょうじゅさん》崇福寺の坂下にいた。

黄檗宗《おうばくしゅう》の崇福寺は、寛永六年（一六二九）に福州《ふくしゅう》の出身者が寺の建立の許しを得て、唐人の僧侶超然《ちょうねん》によって建立開基されたものだ。

十月《とつき》ほどの長崎滞在で空也は、崇福寺がどこにあるかとくと承知していた。また福岡藩の堂南健吾に呼び出されて会った寺ゆえ、立地も境内《けいだい》の様子も知っていた。

酒匂太郎兵衛は、一通目の文を長崎会所の高木麻衣気付にして、両人の対決の場がどこか、空也が麻衣に教えることを推量し、二通目の文で空也だけにその場が崇福寺と告げたのだ。

空也は、ゆっくりと坂道を上がっていった。坂の突き当たりに崇福寺の、竜宮《りゅうぐう》門《もん》とも言われる極彩色の三門が見えた。

（捨ててこそ）

空也は自らにそう言い聞かせた。

酒匂太郎兵衛は崇福寺大雄宝殿《だいゆうほうでん》の中で胡坐をかいて瞑想《めいそう》していた。正保《しょうほう》三年（一六四六）に建立された大雄宝殿は桁行《けたゆき》五間、梁間《はりま》四間、入母屋造《いりもやづくり》の本瓦葺《ほんがわらぶ》きの二重屋根の建物だ。

太郎兵衛は、己が他人と違うと気付いたのは、弟の次郎兵衛が、

「めっ」

と母親に言い出したときだ。

めしが欲しいときに、「めっ」という言葉が太郎兵衛の口から出てこなかった。

両親が嫡子の口が遅いことを気にかけていることを、太郎兵衛は察していたが、口からまともな音すら出てこなかった。

五つになったとき、父の兵衛入道が太郎兵衛ひとりを連れて、鹿児島城下から徒歩で二日ばかり離れた田ノ尻《たじり》なる郷に籠った。杣人《そまびと》だけが暮らす数軒の集落は標高千四百七十尺（四百四十六メートル）の山麓《さんろく》にあった。

父は倅に十年に亘り、東郷示現流の剣術を基から一対一で叩き込んだ。

厳しい自然環境の中で父とふたりだけの昼夜にわたる暮らしは薩摩剣法漬けで、一瞬たりとも太郎兵衛の勝手は許されなかった。

口も利けず父に抗うこともできず、ひたすら父への憎悪の感情を掻き立てながら剣術修行に打ち込まされた。

十年の歳月は長くつらいものだった。

父が突然太郎兵衛に言った。

「太郎兵衛、終わった」

太郎兵衛は父親の顔を見た。

「酒匂兵衛入道の跡継ぎは、わいひとりじゃっど」

父の跡継ぎは弟の次郎兵衛でもなく参兵衛でもないと父は言い、鹿児島に戻っても、

「わいの稽古はおいがすっど」

と宣言した。

十年ぶりに鹿児島に戻ったものの、太郎兵衛が東郷示現流の道場に顔を出すことはなく、弟たちと木刀を交えることも許されなかった。ただひたすら屋敷内で独り稽古に打ち込み、時に厳しすぎる父の木刀に叩きのめされた。

太郎兵衛が二十歳を過ぎた頃、父が珍しく登城して屋敷を留守にした。その折り、次郎兵衛と参兵衛のふたりの弟が道場に入ってきて、

「兄《あん》さぁ、稽古ばすっか」

と誘いをかけた。

太郎兵衛は首を横に振ったが、弟たちは納得しなかった。

「親父《おやっ》どんはどげん稽古ば教えてくいやったな」

と次郎兵衛が言い、柞の木刀を構えて兄に迫った。

体付きは三男の参兵衛が一番大きく、嫡男の太郎兵衛は五尺八寸と弟たちより背が低かった。だが、十年に亘る父親の猛稽古に耐えた太郎兵衛の足腰は、ふたりの弟たちよりもがっしりとして粘り強く鍛え上げられていた。このことを弟たちは見抜けなかった。

次郎兵衛が木刀を構えて兄に迫った。だが、太郎兵衛は、すいすいと間合いの外に逃げて打ち合おうとしなかった。

次郎兵衛は兄を追い込みながら、なぜか兄の体から発散される、

「沈黙の威圧」

を感じ取っていた。

不意に次郎兵衛は木刀を退《ひ》いた。

「どげんしたとな」

「参兵衛、どげんもでけん」

と答えた。

次郎兵衛は、父から厳しい稽古を受けた兄の太郎兵衛が、参兵衛と己が仕掛けても抗うことができないほどの力を秘めていると察した。

太郎兵衛は、終生父にまともに抗うことなく歳月を重ねてきた。

だが、去年の夏、その父親が他国者に斃されたと聞いて、安堵感と解放感を味わった。同時に父を斃した相手に関心を寄せ、父のほかに三男の参兵衛までも斃した相手に敵愾心《てきがいしん》を覚えるようになっていた。

（おいが斃す。そいで酒匂一派の頭領になる）

そのときがあと四半刻で来るのだ。

いや、近くにその気配を太郎兵衛は感じ取っていた。


麻衣と寅吉は長崎奉行所立山役所の門番から、空也に書状が届いていたことを、そして、書状を読んだ空也が思わず洩らした「崇福寺か」という呟きを聞いたと知って深夜の長崎を寺町の崇福寺へと走った。

ふたりが崇福寺の坂下に達したとき、崇福寺境内に静かなる戦意が膨れ上がっていることに気付いた。

（すでに戦いは始まっておるのか）

寅吉はもはや手の打ちようはないかと考えた。

「寅吉さん、屋根の輩《やから》を牽制《けんせい》するわ」

と言い残した麻衣が崇福寺の三門には入らず、裏手の闇に姿を消した。長崎で生まれ育った麻衣でなければできない行動だった。

寅吉は門をくぐり、戦意が濃密に膨れ上がる境内へと入っていった。

唐寺の境内のあちらこちらに灯りが灯されていた。

(どこに空也はおるか)

寅吉は屋根の甍を警戒しながらも、軒下伝いに境内の奥へと入っていった。


空也は大雄宝殿の中からゆらりと出てきた人影を石段下の庭から見た。

薄暗い灯りの中でふたりは見合った。

空也はこれまで、東郷示現流の高弟酒匂一派の家長兵衛入道、三男の参兵衛の二人と死闘を展開してきた。だが、太郎兵衛は両者とはまったく違う雰囲気の持ち主だった。生まれつき言葉を発せない太郎兵衛に空也は無言で一礼した。すると太郎兵衛が軽く頷いた。

対決者の挨拶はそれで済んだ。

太郎兵衛が大雄宝殿の石段を静かに下りてきた。空也は庭の端へと後退して間合いをとった。

そのとき、太郎兵衛の顔に不快感と思える感情が漂った。未だ薩摩拵えの剣の柄に触れなかった手を虚空に上げて、

「邪魔をするな」

というふうに何者かを制止した。

空也と太郎兵衛は、六間の空間をおいて対峙した。

しばし互いの表情を見合った。

空也は、太郎兵衛が酒匂一族の間では異端の剣術家であることを改めて知らされた。

太郎兵衛は、薩摩の剣術家とはまるで異なった若武者を不思議な想いで見つめた。

両者ともお互いに偉大な剣術家を父に持ち、その父ゆえに苦悩してきたことを直感的に理解し合った。

(戦う理由があるのか)

空也はそんな考えを一瞬脳裏に浮かべた。

太郎兵衛が薩摩拵えの大剣の柄に手をかけ、そろりと抜いた。その動きを認めた空也も修理亮盛光の鞘を払い、ゆったりと直心影流の正眼に置いた。

太郎兵衛が正眼に構えた空也に驚きの表情を見せつつ、左蜻蛉に剣を置いた。その構えは父とも弟とも違い、ゆったりとして柔軟な対応を想起させた。右腕の向こうの眼は空也の動きを測っていた。

屋根の上の麻衣は、鉄砲を手にした薩摩藩の関わりと思える者の背後に潜んで、後ろ帯から抜いた堺筒の狙いをその者の背につけていた。

空也は、不動の正眼のまま太郎兵衛の仕掛けを待つ。

薩摩剣法は、待ちの剣術ではない。自らが仕掛けて一撃必殺で倒す剣法と、空也は経験から承知していた。だが、太郎兵衛は、左蜻蛉の構えのまま動かず、仕掛けようとはしなかった。

長い対峙になった。

空也の正眼は父親譲りの、剣の切っ先を相手の両眼の間に置く構えだ。対して太郎兵衛の左蜻蛉は、幼い折り、父親から、

「右蜻蛉に構えを直せ」

と幾たびも注意された構えだ。時には木刀で殴られたりしたが、太郎兵衛は左蜻蛉での構えを頑として直そうとはしなかった。父親にただ一つ抗って身につけた左蜻蛉だ。

時が半刻、一刻と流れ、草木も眠るという丑三《うしみ》つどき（午前二時～二時半）に差しかかった。

太郎兵衛が運歩を始めた。

間合いが縮まっていく。

寅吉は鐘鼓楼《しょうころう》の格子《こうし》窓《まど》から戦いを眺めていた。

太郎兵衛のゆったりとした運歩がだんだんと速くなっていく。

だが、空也は微動だにせず正眼の構えを崩さない。

空也は飛ぶような走りの太郎兵衛を見ながら、

（捨ててこそ）

との言葉を己に強いた。

ふと母親の面影が浮かび、その顔が眉月へと変わった。

はっ
とした空也は邪念を振り払った。

その瞬間、太郎兵衛が左蜻蛉の構えから斬り下ろしてきた。

空也は太郎兵衛の斬り下ろしに、渾身の力を込めて盛光を合わせた。だが、太郎兵衛の剣の勢いを止めることができずに、肩に相手の刃が食い込んだ。

麻衣はわが眼を疑った。

坂崎空也が斬られた。努々考えもしなかった展開だった。

次の瞬間、太郎兵衛が刃を引き上げて二撃目を振り下ろした。物心ついたときから父の兵衛入道に叩き込まれてきた続け打ちだ。相手が立ち直る間など与えなかった。

だが、太郎兵衛は、眼前から相手の長身が掻き消えていることに驚愕した。寸毫の間を抜けて、相手が再び正眼に構えを取っていた。

太郎兵衛の左蜻蛉からの斬り下ろしを肩に受けながら、再び何事もなかったように正眼に戻していた。そのうえ、するすると間合いを空けた。

空也は正眼の構えを崩した。そして、盛光を右蜻蛉に置いたのだ。

(なんをすっとか)

太郎兵衛は驚きとともに自らも後退して間合いをとり、左蜻蛉に構え直した。

麻衣も寅吉も、空也と太郎兵衛が一撃必殺の薩摩剣法に生死をかけたということを察した。

両雄は寸毫睨み合った。

こたびも太郎兵衛が仕掛けた。

空也は、相手の動きを見て運歩を始めた。

両者は一気に生死の境に入り込んだ。

左蜻蛉が斬り下ろされる直前、空也の長身が虚空に飛んでいた。

(ないがあ)

太郎兵衛の薩摩拵えの剣が虚空へと翻り、反対に虚空から盛光が落ちてきた。

空也が地表に着く前に、二つの刃が相手の体に食い込んだ。

「ああーっ」

麻衣は悲鳴を上げていた。

空也の盛光が太郎兵衛の首筋を断ち切り、太郎兵衛の刃が空也の胴に斬り込まれて、両雄はその場に絡み合うように倒れ込んだ。

神保小路の坂崎邸で磐音は胸騒ぎに目を覚ました。

「どうなされました」

おこんが磐音に質した。

「夢を見て、魘《うな》された」

「空也の身に事が起こりましたか」

磐音はしばし沈思して答えなかった。

空也は初めて死を意識した。

(われ、未だ行ならず)

と考えたとき、空也の手になにかが触れた。

「坂崎空也、生きるのよ」

麻衣の声だった。

空也は目を開けようとした。だが、麻衣と寅吉と思しき人影がおぼろに見えるだけで、言葉にはならなかった。

「高すっぽ、そなたは勝ちを得たのだ。生きよ」

と寅吉が命じた。

麻衣の眼には、空也が笑いかけたように思えた。

その直後、空也の意識が途絶えた。

寛政十年師走の未明、聖寿山崇福寺の大雄宝殿の石畳に空也は血に塗《まみ》れて転がっていた。

あとがき

「空也十番勝負 青春篇」を五番勝負の『未だ行ならず』で幕を閉じようと思う。

理由はいくつかある。

まず西国での武者修行は、当初筆者が考えた以上に長くなり、五番勝負七冊でも決着しそうにないことだ。緻密に構成を立てて執筆する小説家から見れば笑止の沙汰だろう。

幾たびも書いてきたことだが、パソコンの前に座り、ディスプレイと対面したときにアイデアが頭に浮かんで、瞬間的にキーボードを叩く。

うーむ、五番勝負まできても未だ九国《くこく》を出ることができないか、これはまずい。

一方で出版不況は日に日に険しさを増している。のんびりとシリーズを書き継ぐ時代は終わった、と筆者は考えながらも、このような醜態をさらすことになってしまった。

　また空也が物語の中で二十歳を迎えることもあり、もはや青春篇とは呼べまいということにも気付かされた。とすると、青春篇は五番勝負七冊で幕をおろし、しばし休みを頂戴し、「空也十番勝負　再起篇」（そのようなことができるかどうか想像もできないが）を考えてもよいのではという考えに立ち至ったのだ。


　最後に筆者の年齢が昔風にいえば喜寿を過ぎ、休調維持が難しくなったことをあげねばなるまい。ともかく登場人物の名や道具の呼び名がなかなか思い浮かばない。手はキーボードを叩く構えだが、頭のなかに言葉が浮かばないのだ。その微妙な感覚の差に苛立ちが募る。

　時代小説文庫書き下ろしという出版スタイルで、最初の『密命　見参！　寒月霞斬り』が刊行されたのが平成十一年一月ゆえ、新春を迎えれば、ちょうど丸二十年全力で走り切ったことになる。

　折りしも今上天皇は退位され、新たなる時代が到来する。ここでしばしのお休みをいただいて、ただただ我武者羅《がむしゃら》に走ってきた「仕事」を見直すには、よい機会となろう、と勝手な理屈を考えた。

かような諸々の理由に鑑《かんが》み、「空也十番勝負 青春篇」を五番勝負の『未だ行ならず』で了としたい。

読者諸氏の長年の御愛読に感謝し、お詫び申し上げる次第です。

どなた様も良いお年をお迎えください。

平成三十年師走 熱海にて

佐伯泰英

「空也十番勝負」再開に際しての雑感

夏場の四月《よつき》、仕事場を陽射しの強い二階から地下に替えます。地下は冬温かく夏涼しい。換気に気を付けるならば断然過ごし易い。そんな地下暮らしが九月いっぱいで終わります。

そんな最中、飼犬のみかんが九月の半ばに十歳を迎え、私が来春に八十路に達します。

はい、めでたいことです、と自分に言い聞かせる今日このごろです。

三年前、「空也十番勝負」は五番勝負（上下巻）まで刊行した後、シリーズを中断しました。

この中断の間に、「空也十番勝負」の本編というべき「居眠り磐音」決定版五十一巻を完結させました。幸運にもコロナ禍が本格化する前に刊行をすることができました。コロナ・ウイルスは、出版界に甚大な変革を突き付けているように思います。いや、社会全般に対して、「こんな世の中でいいのか」と問うているようです。

さて、中断したままの「空也十番勝負」をどうなすべきか。私にとって大命題です。

「居眠り磐音」決定版の作業を進める中で、坂崎磐音の嫡子、空也の物語は、結局、「居眠り磐音」の一部ではないか。いや、このふたつは、ひとつの物語ではないか、という自明なことに筆者は気付かされました。となると、「居眠り磐音」すら完結したとはいえないのでないか。そんな迷いの末に「空也十番勝負」シリーズの完結に改めて手を染めようと決意しました。

その前段階としてすでに刊行されていた「空也十番勝負」の五番勝負まで五作に手を入れて決定版として刊行してきました。五番勝負である本作『未だ行ならず』の上下巻を十二月に刊行し、令和四年新春一月の六番勝負『異変ありや』より新作刊行に踏み切ることにしました。

「居眠り磐音」の主人公坂崎磐音は、第一巻『陽炎ノ辻』に二十七歳で初登場します。まさか五十一巻もの大長編になるとは考えず、藩政改革に挑もうとする成熟した武士としてデビューさせてしまいました。

一方、磐音の嫡子の空也は、この五十一巻のゆるゆるとした、あるいは急変する物語展開のなかで、父の背を見ながら育ってきました。この若武者を描くとしたら父磐音のあとを追うのではなく、「居眠り磐音」では書き得なかった少年期からの物語展開とすべきだろうと筆者は漠然と考えたのです。

一番勝負『声なき蝉』から五番勝負『未だ行ならず』（上下巻）までは空也が若いだけに、磐音の視点では垣間見えなかった淡い恋模様や予測もしない冒険心がストーリー展開の核となるのは必然である気がしました。「居眠り磐音」という長大な物語のメインテーマが「武と商」にあったのとは大きな違いでしょう。

若き空也は、一番勝負と五番勝負で死の危機に直面します。

六番勝負の新作『異変ありや』は、五番勝負で死の危機に瀕した空也の蘇生の物語です。

私の時代小説の舞台は、「戦乱の「戦国時代」でもなく、また動乱の「幕末期」でもありません。この激動の社会変革に見舞われたふたつの時代のあいだ、二百六十年余の安定期の「江戸」が舞台です。

現《うつつ》のコロナ・ウイルスは、全世界に「非常事態」をもたらしています。とすると、空也の物語、死の危機からの回復というストーリーも、現の社会と重ね合わせて展開せざるを得ないのではないか、などとあれこれ考えた末に、父親が歩いてきた物語を否定するのではなく、その道の先にあるはずの「未来」が描けないかと思い、六番勝負『異変ありや』を書きました。

ともあれ一番一番、空也は新たな地平に向かって進んでいかねばなりません。

筆者は一度として組織の人間になったことがない。ありていに言えばお給料を頂戴した暮らしをしたことがありません。コロナ禍が全世界でうんぬんされ始めたとき、

「私のフリーランス暮らしはなにひとつ変わらないぞ」

と考え、安穏としておりました。ところが社会の様相が、「三密」だ、「在宅勤務《テレワーク》」だ、「マスク着用」だと変わり始めると、後期高齢者のライフ・スタイルにも、いや、平穏であるべき気持ちにも微妙に影響が出てきました。筆者と付き合いが深い出版社のスタッフのテレワークが常態化したとき、初めてコロナ禍が鬱陶しくも悩ましいと思いました。やはり顔を突き合わせて、ああでもな

いこうでもないと新刊造りをやっていた時代が切ないほど懐かしいのです。「空也十番勝負」の再開は危機からの回復の物語であり、コロナ・ウイルスとの闘いだぞ、と己に言い聞かせるのですが、なかなかアイデアが浮かばない。嗚呼、佐伯某も終わりやな、出版界から忘れられるな(多作だけが取り柄の職人作家がなにを大げさな)などと無益なことを考えたりしています。

さて、この七月三日、熱海の伊豆山地区で土石流が発生し、甚大な被害をもたらしました。多くの住いや家財道具や思い出が土石流に流され、二十六人の住民が亡くなり、三月が過ぎようという現段階でお一人が行方不明です。

伊豆山は、日本の三大古湯として有名な走り湯の湧く地域です。今回の土石流でも走り湯を始め、いくつかの源泉が破壊され給湯できなくなっていました。

ところが、このあとがきを書いている最中、伊豆山地区の共同温泉「浜浴場」の営業が再開されたとの知らせがありました。災害からひとつ、日常の暮らしが戻りました。

皆さん、熱海に来られた折には、「伊豆山浜浴場」を訪ね、三大古湯の温泉を楽しんでください。

入湯料金は三百五十円です。入浴時間は午後二時から八時まで、木曜日が休みです。

後期高齢者の筆者は、「もう一度外国旅行に行きたい」とか、「せめて京都を訪ねたい」とか贅沢はいいません。

伊豆山浜浴場の再開のような、細やかな日常の喜びを「空也十番勝負」に一つふたつ反映させられたらいいな、と十歳のみかんとともに筆者はしみじみ思っています。

令和三年（二〇二一）十月　熱海にて

佐伯泰英

本書は『空也十番勝負 青春篇 未だ行ならず（下）』（二〇一八年十二月 双葉文庫刊）に著者が加筆修正した「決定版」です。

編集協力 澤島優子
地図制作 木村弥世

文春文庫

未《いま》だ行《ぎょう》ならず　下

定価はカバーに
表示してあります

空也《くうや》十番勝負《じゅうばんしょうぶ》（五）決定版《けっていばん》

2021年12月10日　第1刷

著　者　佐伯泰英《さえきやすひで》
発行者　花田朋子
発行所　株式会社　文藝春秋

東京都千代田区紀尾井町 3-23　〒102-8008
TEL　03・3265・1211㈹
文藝春秋ホームページ　http://www.bunshun.co.jp

落丁、乱丁本は、お手数ですが小社製作部宛お送り下さい。送料小社負担でお取替致します。

印刷製本・凸版印刷

Printed in Japan
ISBN978-4-16-791797-5

文春文庫　最新刊

満月珈琲店の星詠み
～ライオンズゲートの奇跡～　画・桜田千尋　望月麻衣
海王星の遣い・サラがスタッフに。人気シリーズ第3弾

約束　葉室麟
高校生らが転生し、西南戦争に参加⁉　未発表傑作長編

神と王　亡国の書　浅葉なつ
彼は国の宝を託された。新たな神話ファンタジー誕生！

上野―会津　百五十年後の密約　十津川警部シリーズ　西村京太郎
「戊辰百五十年の歴史を正す者」から届いた脅迫状とは

未だ行ならず　上下　空也十番勝負（五）決定版　佐伯泰英
空也は長崎で、薩摩酒匂一派との最終決戦に臨むことに

耳袋秘帖　南町奉行と深泥沼　風野真知雄
旗本の屋敷の池に棲む妙な生き物。謎を解く鍵は備中に

凶状持　新・秋山久蔵御用控（十二）　藤井邦夫
博奕打ちの貸し元を殺して逃げた伊佐吉が、戻ってきた

ゆうれい居酒屋　山口恵以子
新小岩の居酒屋・米屋にはとんでもない秘密があり……

ダンシング・マザー　内田春菊
ロングセラー『ファザーファッカー』を母視点で綴る！

玉蘭〈新装版〉　桐野夏生
仕事も恋人も捨てて留学した有子の前に大伯父の幽霊が

軀　KARADA〈新装版〉　乃南アサ
膝、髪、尻……体に執着する恐怖を描く、珠玉のホラー

山が見ていた〈新装版〉　新田次郎
夫を山へ行かせたくない妻が登山靴を隠した結末とは？

ナナメの夕暮れ　若林正恭
極度の人見知りを経て、おじさんに。自分探し終了宣言

還暦着物日記　群ようこ
着物を愛して四十年の著者の和装エッセイ。写真も満載

江戸　うまいもの歳時記　青木直己
『下級武士の食日記』著者が紹介する江戸の食材と食文化

頼朝の時代　一一八〇年代内乱史〈学藝ライブラリー〉　河内祥輔
平家、義経が敗れ、頼朝が幕府を樹立できたのはなぜか